尽兴

叶海洋 ——— 著

江苏凤凰文艺出版社

人生游乐场，你只需尽兴

▶ 写在前面

　　临近三十五岁的门槛，我突然感觉到一点困惑。

　　孔子云，"三十而立，四十不惑，五十而知天命"，我在奔向不惑之年时，突然感知了天命。那一刻，我观察到生命的本质。时间无多，等反应过来后就不能再浪费它了。所以我特别想告诉孩子们，在可以挥霍时间的年龄，一定要去世界的各个角落看一看。你们要飞得足够高，去看海；你们要落的速度足够快，去感受风；你们要经历人生的"至暗时刻"，去感受绝地逢生。

　　总之一句话：你们呀，要尽兴！

"为什么一定要去远航？"

你见过南太平洋的鲸落吗？你见过巴塞罗那的日出吗？你见过那些遭受人间疾苦的孩子的眼睛吗？你住过夜晚的森林吗？你见过战争的残忍吗？你知道在月球上看地球的样子吗？

如果没有，那就一定要走出去。

我们一起，永远整装待发，永远走在挑战的路上。

目录

拼图一

自我　生命的底色

随顺生命的渴望，活出真正的自我 / 003

生命的拼图，每一片都不可或缺 / 011

爱是人间礼物，而责任是秩序 / 019

女性的独立与选择权 / 027

有人不喜欢你，这无所谓 / 035

认清自己，不忘初心 / 043

拼图二

自度　凡事向内求

进一寸有一寸的快乐 / 051

用眼界丈量世界的宽度 / 059

吃体力的苦，更吃学习的苦 / 064

不做受害者，去做创造者 / 069

遵守本心，凡事向内求 / 079

远离无用社交 / 083

拼图三

自足　100 种活法

包容孩子的 100 种活法 / 091

睡前故事，润物无声 / 099

饭桌辩论，启发认知 / 107

陶养人格，自信丰富 / 115

爱不缺席，为母则刚 / 119

父母爱子，教之以义方 / 125

拼图四

善　人生走正路

对自我有所要求 / 133

允许一切发生 / 141

你在，就好 / 147

人间过路客 / 155

一切皆是修行 / 159

拼图五

爱　及时行"爱"

唯有爱意，没有枷锁 / 167

二胎相处，一切源于爱 / 173

不是物质的叠加，而是爱 / 179

不仅搭暖窝，更建独立心 / 185

血脉至亲，并肩前行 / 191

快乐是一种生活方式 / 195

编者记　风吹哪页读哪页

这个世界熙熙攘攘，少有人给灵魂抛光，于是众生形形色色，实则一笑，既没有韵脚上口明朗，也没有太多加分偏旁，就好像他人如庸句，而你是诗行。

——惊朱娇

拼图一

自 我
生命的底色

: 002

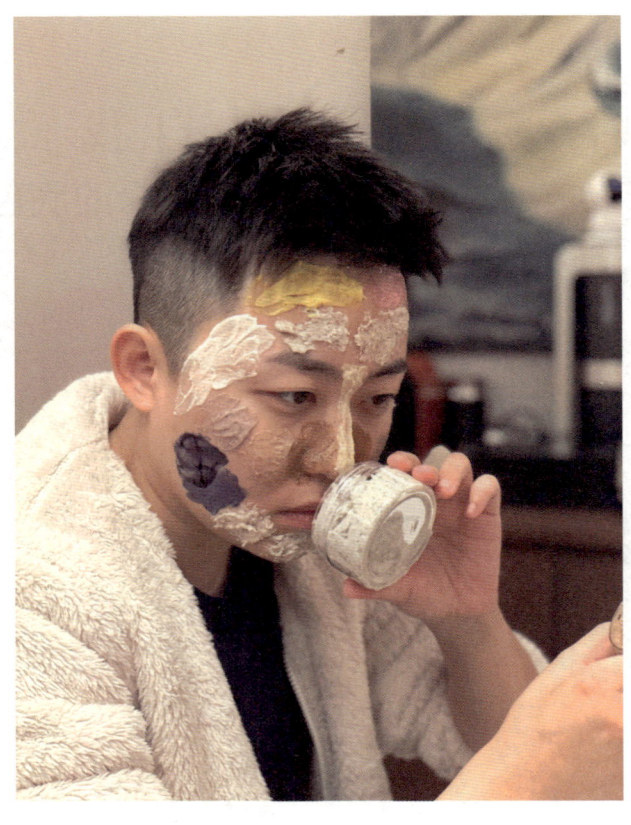

随顺生命的渴望，活出真正的自我

　　打开藏品柜，看着摆放整齐的"丰收"系列——公司的第一套产品，十一个简单的瓶罐，十一年前的创业时光倏忽闪现。

　　人生如行路，当日是如何一脚踏上通往今天的路？当日又是哪一日？

　　它普通得仿若刚刚流逝的昨天一样，已然记不清了。当日也未曾多想，随顺着内心最深切的渴望吧。

　　渴望源于清晰的目标，而目标，生发自小时候撒下的种子。

1988年，我出生于吉林省长春市一个普通的小康家庭。

我的父亲是一个典型的事业型男人。20世纪90年代初期，在那个人人都渴望捧好铁饭碗的年代，他主动从事业单位辞职，毅然投身时代的大潮中谋求创业，开始了他一生的事业追求。父亲勇敢无畏、敢于挑战，在那个年代经商被称作"下海"，意味着不可预知的风险，是不被看好的。在我的记忆里，父亲一直醉心于事业，不断寻求更大的人生突破，他为我们创造了远优于周围人的富足生活，也带领家庭实现了经济上的跨越。

在我心中，父亲一直是昂扬进取的坚定模样。他像一座高山，也是我一生的英雄与榜样。因此，从小我就在心中树立起一个清晰而笃定的目标——超越父亲。

这是生命之初,父亲送给我最好的礼物,直到许多年后,我才知道,这也是父亲为我埋下的爱的伏笔。"知女莫若父",父亲是这个世界上最懂我的人,崇拜他、成为他,最终超越他,是我爱他的最好表达,这也是我们父女间无须宣之于口的默契。

这个目标不断激励着我,也仿佛在我心中安装了一个巨大的引擎。或许,创业的种子就是这样被播种下的。

2012年大学毕业,我来到北京,在一家动画公司实习。一帧一帧地拼接动画,是我当时每天的工作内容。那时候,我便知道,这份工作绝非我所求。终于有一天,我忍不住给母亲打去电话,直言不讳地说出了我的想法,一如小时候我经常做的那样。

我对母亲说:"我实在不喜欢这份工作,如果非要从事动画行业,我也要做一个动画公司的老板,而不是打工者。"

那时候,真不知道自己是哪里来的自信。但母亲一如既往地支持我。

打完电话,我便开始思考,接下来该如何实现自己想要的生活方式。二十三岁,初出茅庐,身无长物,在北京没有任何背景、资源和人脉,只有一颗想要改变和突破的心,和一份莫名的坚定。

既然外界无所依凭,一切只能靠自己了。射手座的我天生喜爱自由,渴望每天都能学到新知识,不断实现突破和成长。一番调研分析后,我选择了自认为前景大好的进出口贸易公司,机缘巧合,又接触到护肤品原料。

对我来说,这个行业是全然陌生的。最初接触时,我颇感新奇,兴趣极高,开始大量阅读相关的书籍,自主学习护肤品的相关知识。结果我越看越着迷,越深入了解就越喜欢,甚至一度怀疑自己本科选错了专业。

在那家贸易公司任职半年之后,随着市场环境变化,电商崛起,我真正走上了创业之路。

创业初期是我海绵般大量吸收学习的过程,我经常把自己锁在屋子里，查阅、钻研优秀的设计作品，自学运营、管理、备案及行业标准。随着对这一领域学习研究的不断深入，我愈发不可收拾地爱上了这个行业。

那段时光，我夜以继日地沉浸式工作，终于，"丰收"系列的十一个单品诞生了。

我的内心涌动着一片热爱的海洋。在这股能量推动下，我每日专注其中，毫不疲倦。在这种"痴迷"的状态中，我的目标已不仅是赚钱了。**我隐隐地感受到生命由内而外喷薄欲出的无限创造力。那是一种独特而幽微的生命体验，深刻又难忘。**

我徜徉其中，享受无比！

就这样，从产品原材料的配方选择、设计备案、包装印刷、营销思路、代理机制，到店铺搭建、整体运营、视觉呈现的把控，甚至连品牌故事及财务管理，这些需要整个公司通力协作完成的工作，我关起门来，单枪匹马地在半年内全部做完了。

我一直觉得自己非常幸运，在很短的时间内，便找到了喜欢的行业和目标，享受其中，并取得了好的结果。

《牧羊少年奇幻之旅》中写道："当一个人清楚了自己想要什么，并为此做了决定后，就像跳进一股强劲的水流中，水流将会带他到最初做决定时梦想不到的地方去。"

　　当一件事情摆在我们的面前时，很多人或许清楚这并非他所要，但鲜少有人能够明确自己真正想要的是什么。

　　实现自我的梦想，对大多数人来说，是一个真正的挑战。

　　一个人只有随顺内心最深切的渴望，才能真正地认识自己，成为自己。

　　父母之爱，犹如夜空中最闪亮的星，感谢父亲给我强有力的引导，母亲给我稳稳的安全感，他们的爱给予我勇敢追求自我的力量，使我不必为他人而活，努力去达到外在所谓的标准，使我能始终保持生命的热望，允许我一直做自己。

　　也庆幸我能生在这样繁荣昌盛的时代。国家国泰民安，经济稳步发展，每个人都拥有施展手脚的天地，都有机会去创造出梦想的生活。

009

010

生命的拼图，每一片都不可或缺

一日，与朋友爬山散心。置身深山茂林之中，涧底泉水飞溅，头上明月高悬，令人心旷神怡。脑海中突然浮现出苏东坡"寄蜉蝣于天地，渺沧海之一粟"的词句来，人生百年，于浩渺宇宙而言，不过蜉蝣若寄、沧海一粟。一时的成败得失，从深广的角度来看，更是不值一提。明月当空，清风徐来，那一刻的清朗适意之感让人难忘，思绪也随之飘远。

十二年前，北漂逐梦，渐渐地清晰了方向。南下广州，事业如驶入快行道，迅速即见成果。彼时少年得志，意气飞扬。二十四岁的我以为这一切皆得益于自己的优秀，进入社会后不费周章就找准了热爱的行业，于是骄傲和傲慢慢慢爬进了我的心里。

不出意外的话，就该出意外了。我赚到了人生的第一桶金，而且是一笔相当可观的财富，然而那个时候的我，又怎么能承载得了那么多财富的突然而至？

重创袭来，疼痛随之而至。

由于长期孤军奋战，我的精力被扯得四分五裂，手机一响就下意识地想要逃避。而骄傲也让我看不清未来的路，忽略了脚下的风险。由于我缺乏管理经验，致使在整盘运营中缺少系统化思维，很多细节都不够完善，让本就根基不稳的大厦逐渐瓦解。

同行的冲击日益严重，代理商锐减三分之二，而我订购的货物正在从国外发往国内的途中，它们到达后就只能沦为巨大的库存，我不知道该销往何处，在它们有限的保质期内。

看着价值近千万的库存堆满了仓库，我无能为力。于是，我把自己关在房间里，不想说话，不愿出门。我觉得天塌下来了，自己的人生完了，眼前至暗一片，已无路可走。那时候的我,尚不知道有一种病叫抑郁症,但后来回想,当时的自己已被它所吞没。我痛恨自己的狂妄与傲慢,不断反思经营上的所有细节,陷入了深深的自我否定中。

至暗时光,多亏有母亲陪伴。有时她只是默默地走进房间,坐在床边,用手轻轻抚摸着我,那份心疼仿佛我还是她襁褓中的小孩;有时她会说上几句宽慰的话,极简短却很有力道:"姑娘,人生除了生死,其他都是小事。"

我的母亲是个大大咧咧的东北女人,果断而有主见,那一刻却用温言软语,试图劝慰她遭受打击的女儿——她一向自信好强的女儿,第一次在她面前展现出脆弱,而这脆弱也许远超出了她的想象。

作家史铁生曾这样写道:"**儿子的不幸,在母亲那儿总是要加倍的。**"那段时光,我的母亲是怀着怎样的心情度过的,如今已为人母的我才渐渐能够体会一二。

也正是自那一刻,我真实地意识到家人的重要,也突然明白,人生有波峰波谷,都是寻常。在波峰之时要努力抓住机会,积极做事;到了波谷,也不要极端地否定自己,而是要放宽心去享受生活——因为这是生命的常态,每个

: 014

人都是在这样的起伏跌宕中走完一生的。

人只有在黑暗降临的那一刻,才能被动停下自以为是的错误脚步,聆听来自世界的真理。我觉得老天试图以疼痛叫醒我,拨了一个长长的假期让我厚积薄发。被按下暂停键后,我在那个小黑屋里,内心渐渐平静下来。

库房积压的货物,我没有再去管,就让它沉睡吧。"**凝视深渊过久,深渊将回以凝视。**"那样人不仅痛苦,还会变得极端。于是,我转而调整业务结构,完善化妆品供应链,收购了工厂的部分股份,真正切身去了解化妆品的组成与核心成分,力求每一件事情都做到极致。

同时,我开启了人生新旅程——怀上了大女儿Doris。

不为人母,不知孕育生命之伟大。母亲当真是个神奇的角色,她收走我性格中的锐利与棱角,赐予我意料之外的耐心与温柔,也让我生出了更深切的感恩,感恩生命中的一切馈赠。

我知道,一切将迎来新的开始。

人生之长,该经历的事一件都不会少。

该在的总是会在。不属于你的,注定有期限。**秩序始**

: 016

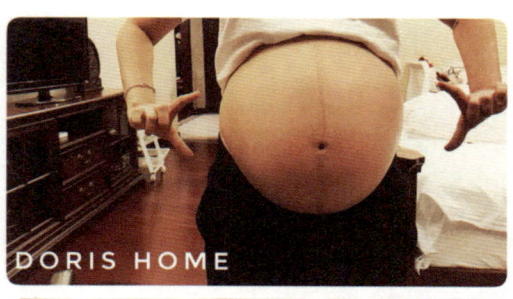
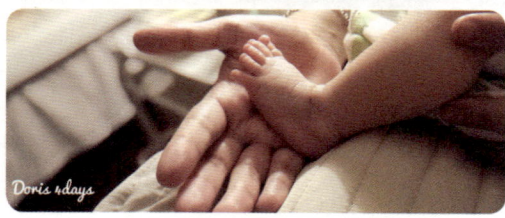

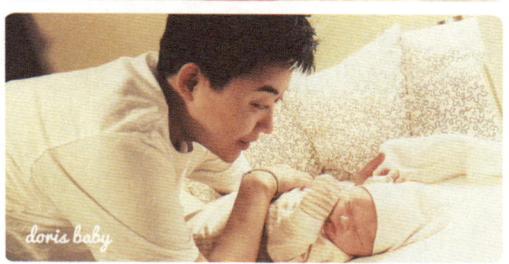

终平衡,只有一颗心徒然奔忙。来往使它强壮,得失使它平衡,无常使它再无恐怖。

生命是一个巨大的拼图,我们很难在刚刚开始的时候,就意识到那些杂乱的碎片意味着什么,但只要一片一片地接着拼下去,渐渐地,就会发现每个碎片都不可或缺,都是最终圆满结果的重要部分。

人生没有白走的路,每一步都算数。

"你若问我要选择哪一种人生,我不必想就能回答:'我选择发光发热的人生。'"

这是日本著名导演北野武的人生态度,我十分认同。

018

爱是人间礼物，而责任是秩序

父母的厨艺都很好，每次我回家，父亲都会在厨房忙活一大桌子菜。然后一家人围坐在一起，边聊天边吃饭。中国家庭的饭桌上总是承载着浓厚的感情。可能是受了父亲的影响，随着年龄的增长，我也格外享受围炉为家人做饭的幸福感。**饭菜的味道就是家的味道，厨房里忙碌的人，就是爱你的人。**

父亲像座山，是我一生跋涉的高峰。他身形高大，内敛而寡言，对女儿的万千叮咛唯化作一句——"人间正道是沧桑"。

那是大学毕业时，父亲烙在我心里的一句话。也是第一次，父亲将我看作大人小酌对饮，那一刻，我也真正长大了。我知道，父亲想让我走正道，而这也是我一直奉行的信念。

公司逐步发展平稳后，父母时不时地会来广州看望我，母亲一如既往地关注我的生活起居，父亲则更关心我事业的发展，经常叮嘱我趁年轻多闯荡。公司会议室的角落有一个沙发，那是我特意为父亲准备的，方便开会时他进来旁听。他很安静，很专注，尽量降低存在感，不打扰任何人。

网络时代新的经营方式，上下游合作模式更加多元化，我原以为父亲听不懂这些，不过是闲来无事凑个热闹而已。结果每次开完会，父亲都会找我聊一会儿。他总能精准地抓住每个合作商的需求点与合作后的潜在风险。不仅如此，父亲在告知我潜在风险后，并不会劝阻我跟对方的合作，而是提醒我在合作过程中有哪些环节是需要注意的，并客观评估风险与收益，最终的决策权还是交由我来做。对此，我大为震惊并深表佩服。这便是我不断精进与突破的父亲！

父亲常年定居长春，会时不时地打电话问及我的事业发展，得知一切有序进行，便逐渐放下心来。

其实在创业之初,最初的启动资金就来源于父亲。当时我辞掉工作,把我了解到的护肤品行业的行情与创业的想法,从头到尾跟父亲讲述了一遍之后,在我没有任何经商经验的情况下,父亲给了我最初的启动资金三万元。那是一种无声的肯定,也是激荡在彼此心中已然达成共识的支持。我就是拿着这些钱,并带着一颗超越父亲的决心,开启创业之旅的。

从北京到广州,再到深圳。事业渐渐步入正轨后,我也拿到了引以为傲的成果。我迫不及待地拿起电话,最想打给的人就是父亲,我跋涉了许多路,在这世上唯有父亲的一句肯定,能让我潸然。

如今,父亲已经离开我快两年了。那些沉默的、从未宣之于口的、女儿对父亲的深沉爱意,也只能永远沉潜在我的心中了。

每每想起父亲,思念总是萦绕心间。父亲曾冲我挥挥手,我知道那是要我坚定地向前,由北到南,追梦不放松,他始终在我身后。有许多话仍藏在心头,好些年没来得及说出口,直到此刻,倔强如父亲的我用沉默哽住了喉。

父亲像灯塔,指明我前行的方向;母亲则像港湾,是

022

个随时可供我停靠的温柔所在。当所有人都关心我飞得高不高时，唯有母亲关心我飞得累不累。

那些藏在三餐四季里的温暖细节，身处低谷困境时的静默陪伴，取得成绩时比我还喜悦的笑意都藏在了岁月的皱纹里。

爱是人间礼物，而责任是秩序。

因为被他们爱过，所以懂得了如何去爱。

老年人的悲哀，莫过于身体机能下降，思维也变得迟缓。作为子女，不该让垂暮之年的父母，在孤寂中无声度过。

让他们参与到我们的生活中来，每天腾出一两个小时，陪他们聊聊天，跟他们分享些新鲜见闻；分享自己学习到的知识，探讨如何养育小孩；或者跟他们说说接下来的工作计划，哪怕你已经心中有数，也不妨跟父母絮叨一番。

天下之大，父母是最不会嫌子女絮叨的人，可以说，老人的生活热情很大一部分来源于子女，这也是我们孝敬他们的缘由所在。

真正的幸福，不是拥有得更多，而是你所拥有的都能让你感到快乐。

家人闲坐，灯火也可亲。

"树欲静而风不止，子欲养而亲不待"的遗憾，希望你永远也别体验。

走得越远，见识越多，认识的人也越多，越能体会到人这辈子里你真正在意的，同时也在意你的人，其实并不多，而这仅有的几个人就是你的全世界。

025

026

女性的独立与选择权

一日下午茶歇时间,与一位女性朋友聊天,她不经意地谈起,现在自己好像获得了更多选择权。

我不喜欢社交,在为数不多的几个朋友中,她算是一位。

她三十出头,穿着考究,妆容精致,很注重自我学习和提升,对事业有一番小小的憧憬,每周两三次享受下午茶。既努力工作,也不是百分之百的目标主义者,生活、工作张弛有度,我觉得她的这种状态就挺好的。

我身边这种优秀的年轻人不少,她们有的超越了自己的原生家庭,有的拥有一份自己热爱的事业,但无一例外的都在以一种积极的心态开创自己的生活。

在这个时代，女性拥有了巨大的自由，但也有各自的泥潭。

不断涌现的优秀的年轻女性，以及正在从泥沼中努力挣脱、蜕变成长的中青年女性，正以各种蓬勃之姿，向社会展示出她们的神采与力量，女人可以活得更洒脱也更自由。我简单梳理了她们的认知跃迁与成长路径，在此共勉。

1. 跳出性别限制，保持精神独立

虽身为女性，但在区分性别之前，你首先是一个具有独立意志的人。

女性天生比男性弱吗？在生理和体力上或许是，但在精神层面上，女性则比男性更坚强，她们身上更能够彰显出生命的韧劲。

我们常说"为母则刚"，也曾为纤弱女孩蜕变为母亲后所迸发出来的巨大能量所震惊，但我希望，女性朋友无须等到为人母之后才发现自己的强大，而是能早早就认识到，其实你本来就很强。

当你跳出性别的限制，以独立的人格面对问题时，就会更加理性、客观，内心会更有力量，活得也更洒脱和自由。

2. 跳出索取的状态，变成自己生命的主宰者

理性看待社会加诸女性的定义，抛却原生家庭对女性的诉求，活出自己的精彩。

社会与父母往往无意识地将女性摆在"接受"的位置，所以女性很自然地会产生"索取"的意识。当他人无法满足她们的需求时，她们就会滋生出抱怨的情绪，最常见的是抱怨另一半不能提供情绪价值和经济支持。所以，女性一定要跳出这种状态，主宰自己的人生。

我很不喜欢"嫁"这个词，有种"给出去"的附属之意。婚姻是平等的，结婚应该是两个人平等的结合。而且，嫁得好可能是运气，但拥有清醒的认知，调整好自己的心态，拥有保持精神愉悦与自由的能力，才是我们这一生要修行的课题。

: 030

3. 选择要大于努力，永不设限

我在国外的医院曾遇到过一位负责文职工作的护工。她每天神采奕奕，精神饱满，眼角眉梢储满了阳光，还特别爱笑，一笑起来让人感觉周围涌动的气流都是愉悦的。

以我庸俗的眼光来看，她的工资收入并不高，她为什么这么快乐呢？在一次闲聊中得知，她喜欢旅行、骑马、打靶，还喜欢那种超大的皮卡车，见我面露艳羡，她眉飞色舞地向我展示了她的爱车，那是一辆改装过的超大型越野车，还有她在海上骑马和在沙漠打靶的照片。她只是一个再平常不过的普通人，却把生活过得如此精彩，从她的脸上找不到一点疲惫的影子，乐享生活，她做到了。

确实，除了自己，没有谁能定义自己的生活。人生没有既定的模式，生活方式多种多样。我们要从思想上认识到自己的自由，拥有愉悦自己的能力，定义自己的精彩生活，拥有生活的选择权，享受真正的自由。

在有限的青春岁月里，多开发自己的兴趣爱好，培养对生活的热情，尽可能地尝试更多机会，见识更多的生活方式，并且在尝试的过程中积累生活的经验和阅历，这些阅历会帮助你做出正确的选择。

4. 学会深度思考，有自己的判断

网络时代信息传递迅捷，一些所谓的对年轻人的标准未免太高，加之"炫富"等各种难辨真假的社会现象，极易给人造成焦虑。

在大城市看似光鲜，实则必然要承受较大的压力；回到三四线城市却可以享受悠闲的慢节奏，找到可以发光发热的生活方式。每个人都有自己的生活与选择，他人眼中的世界是他人认知社会的方式，未必适合你。

所以，女性更要学会深度思考，不要迷失在繁杂的信息网络里，不要道听途说、随波逐流，也不必在意他人的目光与评价，去深刻地认知自己，认知当下的环境与自身的处境，用行动做出自己的最优选择。

一个问题不要只看表象，往更深处去思考，就会获得更多的理解，而这些理解慢慢地会沉淀成生活的智慧。

世界上只有一种英雄主义，就是在看清生活的真相后，依然热爱生活。

我希望每个女性朋友，能够更早一点明白生活的真相，享受当下，尽量活得开心、快乐。

　　我们毕生的任务就是做一个普通人，热爱世界，热爱万物，然后踏踏实实地寻找到一个自己内心喜欢，又有时代价值的事情。
　　一个人一辈子能做好这两件事就很好了。

034

有人不喜欢你,这无所谓

我一直都喜欢记录生活,无论是十几年前在人人网写文章,还是如今在新媒体平台写家书,初衷只是为了记录。至于他人看到后产生的想法,正所谓"千江有水千江月",自然各有不同,我也不甚在意。

一个人如果内心自在充盈,便知道自己的好与不好,不由别人来决定,外界的声音也并不能给我们带来任何伤害。

第一次接受媒体采访时,记者问我:"如何看待网络上那些不友善的言论?"

我回答,我关上门过自己的日子,这里的"门"不是指家门，而是指我整个家庭的心门。我们不会因为他人的恶意评价而过得不好，也不会因为他人的赞美而过得更好。我就是我，我们一家人怎么生活，我怎么教育孩子，我们生活在哪里，我们每天做了什么事情，并非要展示给谁看，而是无论大家看与不看，我都是这样过活的。

这个世界上有一部分人，无论你如何努力或讨好，他们都不会喜欢你，这是彼此气场的排斥；有一部分人，你甚至不需要做什么，他们依旧喜欢你，这是能量的吸引及底层价值观的契合；另外还有一部分人，会根据你当下的行为及阶段性利益，时而认为你不错，时而又觉得你不怎么样，这取决于双方所处的位置及价值互换。

所以，我们明白了，一个人永远无法得到所有人的喜欢，而这根本就无所谓。我们没必要因为不喜欢我们的人而闷闷不乐，相反，要为喜欢我们的人而活得有声有色。

你要过怎样的生活，由自己决定，跟他人没有关系。

当我决定做公众人物，公开生活，收到外界的各种声音，乃属必然。做着自己真正想做的事，至于任何歧视或赞美都是他人之事。

声名,谤之媒也。

我深知,大多数时候,他人只是路人,言行不具参考性。他人的评价如非来自熟悉你,且又有真知灼见之人,就不值得深究。

如果一个人被歧视了,便觉得自己差;被赞美了,又认为自己强,说明他尚缺乏清晰的自我认知和判断。**对一个人来说,最重要的,是不断从实践和总结的过程中认知真实的自己,这样更有助于做自己真正想做的事情。**

在我的世界里,心中盘踞的是清晰的目标、清醒的自我认知,以及不断思索如何去突破自我,全力以赴实现目标。任何毁誉评价来自外界,也归还于外界,与目标无涉,与我无关。

是非审之于己,毁誉听之于人,得失安之于数。

《杀死一只知更鸟》一书中说道:"你永远不可能真正地了解一个人,除非你穿上他的鞋子走一遭,站在他的角度思考问题。可当你真的走过他的来时路,可能连路过都会觉得难过,有时候你所看到的并非事情的真相,你了解的不过是浮在水面上的冰山一角。"

三毛有句话说得好："你对我的百般注解和识读，并不构成万分之一的我，却是一览无遗的你自己。"

很多人不喜欢我，大概是我冒犯了他们的人生。

我从来不与人唇枪舌剑，因为幸福是唯一的答案，我过得好不好，不在我的语言里，而在我的笑容里，在我的生活里。

人生是不断与理想的自己进行比较的过程，而非生活在他人的评价之下。我们也并非为了满足他人的期待而活，而是为了活出自己的精彩人生。

温饱无虑是幸事，无病无灾是福泽，至于其他，有则锦上添花，无则依旧风华。

将军有剑不斩蝼蚁，欲成大树莫与草争。

我想，圣贤之人可以谅解和包容所有人，不一定是因为这些人值得被原谅，而是圣贤者的维度更高。当你变强大了，尤其是女性，强大到突破了社会加诸我们的种种定义与束缚，才能真正绽放出自己人生的精彩。

人生中的关系不在于多，而在于精。

我们无须用刻意的伪装来获得肤浅的、低质量的关系，而应该将宝贵的时间投注在热爱的事情上，让那些真正喜欢我们的人，早点在人群中发现我们。

040

041

042

认清自己，不忘初心

前两天，公司的小姑娘说，现在很多人都"恐婚"，不知道该不该结婚，问我对此怎么看。

我以为，"恐婚"大可不必，人之所以会"恐婚"，是因为把对方想象成了理想的样子。按中国的传统标准来衡量，理想的男性首先要有赚钱养家的能力，这是大众观念里对男性的能力评估。但如今的社会压力如此之大，并非每位男性都拥有足够的能力，而女性也越来越多地参与社会生产活动，社会形态正在悄然发生着不可逆转的变化。另外，在如此高压的环境下，女孩们越来越关注伴侣能否为自己提供情绪价值，这就对男性的社交能力和情商提出了更高的要求。

　　结婚是两个不同的人结合在一起，协作配合过日子，当然相爱是前提。婚姻没有标准答案，也不存在绝对明确的分工。如果说婚姻有标准答案，我认为唯一的答案是看自己，认清自己的需要。

　　建立一份美好的、稳固的两性关系，认清自己并不忘初心，非常关键。

　　你需要清醒地认知自己，带着明确的核心诉求寻找伴侣，并以合伙人的心态对待婚姻，信守共同经营婚姻的承诺，陪伴彼此共度漫漫时光。这是婚姻关系达成的契约。但不可忽视的是，人性是充满变数的，每个人在不同的阶段有不同的领悟，两个人向上的步调也难以始终同步，变化与分歧就此产生。

　　当一方在所难免地产生了改变诉求的想法，意味着婚姻的承诺已然失效，关系也将难以存续。失信方固然有错，但另一方若苦苦死守，也无济于事，感情就像一瓶过了期的罐头，失去了它原本的味道。愿得一心人，白首不相离，是每个人对婚姻美好的期许，但"拥有"是一段关系中最大的幻觉。没有人能够真正拥有另一个人，不过是在各自的旅程相遇，彼此同行一段路途。如果到了必然要分开的时刻，也无须过多纠缠，因为已然珍惜过了，余下的唯有尊重和祝愿。

每一段关系都是缘分，缘聚缘散，顺其自然，也强求不来，重要的是活好当下。

任何时候，与什么样的人共度一生，我们都是有选择权的。

当我们爱一个人时，也一定同时爱着与对方在一起时的自己。

伴侣之间评判对错时，无论事件，总关态度。

与伴侣相处的过程中，因为某个行为让对方感觉不适了。当发现之时，就应该停下来自省、沟通，并尝试去理解背后的原因，思考自己应该如何去做，愿意为对方做出哪些调整与改变。在我的理解里，我们爱的人哭了、难受了，我已然就错了，并不是这件事我认识到自己做错了才去改。

很多时候，我们的出发点，是在意对方的感受，是源自爱。在一段关系里，尊重并且照顾对方的感受，两个人的世界才能完整。

　　我们爱对方，爱的是真实的他，不是自己在虚妄的想象里构建出来的他。爱是一种能力，我们真的懂得如何去爱吗？我们有没有放下自己的欲望，在宁静中看到那个真实的他，他内心深处的渴望，他当下的状态，他曾得到的爱与感动、失望与创伤，他希望过什么样的生活。当你深切地理解了对方，并愿意代人着想，真心付出，如此才能称得上爱。

　　意见不合，互相抵触，情绪暴躁，言语伤害，我们不该把这些留给爱的人。

　　乍见之欢易，久处不厌难，那是他们忘了，不忘初心，方得始终。

　　人，生来多健忘。时日长久，我们往往多见对方身上的缺点，而忘了一开始心动时的初衷。假如你因美貌对其一见钟情，就不要抱怨对方不求上进；假如你喜欢对方沉稳顾家，就不应对他不善言辞多有怨怼。一体两面，不忘初心，包容克制，感情也忌贪得无厌。

　　每个人都有自己的优缺点，明确并选择自己喜欢的，

"人生总有一次，向北国走一趟？"

包容自己不喜欢的，放平心态，好好相处，方是长久之道。

那天，在飞往上海的飞机上，看了电影《万箭穿心》，以我浅薄的理解，大概是生活的种种悲剧都来源于我们根本不会自省，于是所有人都变成了受害者。一个母亲毁了三代人的幸福，也包括她自己的，以致到结局仍茫然不知为何命运多舛。

其实，哪有什么坏人，只是有些人终其一生也不得要领。自省是能力，也可以撬动命运的轨迹，所有的爱都要以尊重为前提，如果没有尊重，那么这爱势必就是一把双刃剑。如果不自省，苦难无所终，如果不懂爱，终将无法被爱。

电影给了我们窥探他人人生的机会，两个小时是别人的一生，而我们要用这两个小时展露出来的错误人生来反省自己，这才是最大的收获。

当我们不可避免地与所爱之人发生龃龉时，试着跳出对方原本的角色，不把他（她）看作孩子的父亲或母亲、丈夫或妻子、父母或子女，而是把对方当成另一个自己，另一个和你有着同样的希望、快乐、恐惧与痛苦的人，你将会生出更多耐心去倾听他（她），也将会获得更多智慧去帮助他（她）。

如果有一天你不再寻找爱情，只是去爱；你不再渴望成功，只是去做；你不再追求空泛的成长，只是开始修养自己的性情，你的人生才真正的开始。

——黎巴嫩诗人 纪伯伦

拼图二

自 度
凡事向内求

050

进一寸有一寸的快乐

Doris 过生日的前一天,在 4S 店里,偶遇了一位粉丝朋友,短暂交谈之后,我得知她在大鹏做游艇行业,恰巧第二天 Doris 的生日宴会就安排在大鹏的一家民宿,便邀请她一起参加。

当天,她很热心地和我们一起布置生日会现场,之后,她还带我和 Doris 一起去参观了帆船。小家伙看到几个人上去升帆,小眼神专注极了,坐在驾驶室有模有样地学着开起来。我从她的眼睛里,看到了憧憬与渴望。

我也一直很喜欢船,觉得那代表一种自由和挑战,但我没生长在海边,很少能接触到船。这一次参观之后,我对帆船产生了极大兴趣，当即决定，我要学会驾驶帆船。

很快，报考了帆船驾照考试，开始学画航海图、如何御风，甚至学习潮汐等航海的相关知识，并顺利取得帆船驾驶证。

读书的时候，我算不上爱学习的学生，如今我却享受掌握知识后的满足感。从某种程度来说，这是一种对自己生活的掌控和驾驭，赋予了我巨大的安全感与价值感。我乐享其中，并不断获得快乐。

我曾经说过，人要想获得更高级的快乐，一定要突破自己现有的边界。

刚接触船时，作为游客，我乘坐了游轮、游艇、帆船，拥抱过并不温柔的海风，亲吻了咸涩的海水，我感受到的是风的自由，大海的无垠。那时的我惊叹于这浩瀚的蔚蓝，折服于宇宙世界的神奇。但当我真正成为一名船长，站在船上，握住舵的那一刻，我发现一切都变了。之前我和船上所有游客共享美景，但是这一次，我开着船从游艇会驶出，操控着整艘帆船在大海上乘风破浪，那种驾驭感和真正的自由感让我热血澎湃，犹如插上翅膀飞翔。

在那一刻，我体会到了，人一定要不断学习并超越自己的边界，才能获得与以往不同的快乐，那是一种更高级的快乐。这种快乐是你躺在家里的沙发上，窝在舒适区里完全无法想象的，是一种别样的生命体验。

我喜欢这种不断拓展生命宽度的感觉。

有一次乘坐高铁，偶遇一位六十来岁的女性。她安静地坐在窗边，手捧一本英文书，口中念念有词。停下来休息时，她认出了我，于是很自然地聊起天来。我好奇地问她刚才是在学英语吗？她眉飞色舞地告诉我，她的女儿在国外读书，她有时会过去看望她，从登上飞机到入关，很多地方都要用到英语，所以就萌生了学习英语的想法。我提醒她，可以在手机中下载一个翻译器，那样会更方便。她摇摇头告诉我，她这个年纪能开口说外语是一种难得的人生体验，既然有这种机会和语境，为何不去全然体验一番呢？

出自六十来岁老人家之口的这番话，我不能更赞同！

生活是一种体验，生命是一场旅行。

尽兴地感受丰沛的生命之流途经我们，每进一寸都有一寸的快乐！

"世之奇伟、瑰怪，非常之观，常在于险远。"世间壮丽奇异、非同寻常的景观，往往在于艰险和僻远，人迹罕至的地方。而内在静谧深刻的生命体验，未尝不是另一番令人向往的景象，唯有不断向内心更深处探索，才能领略其幽微、绝妙。

不断精进自我是我始终抱持的人生态度。

令人欣慰的是，在日常生活中，Doris 也潜移默化地受到了影响。

对这么小的孩子来说，她是理解不了"不断学习""超越自我"这些词语的。

但有一天，Doris 告诉我她要去做幼儿园晨会活动的主持人，是她自己举手跟老师要求的。我当即对她竖起大拇指。其实，她的性格有点慢热，也有点害羞，不太会主动提出要参与什么。如果我鼓励她去做这件事，她或许也会做，但是自己举手跟老师争取，对她来说真的是个突破。而且她"竞选"成功后，每天很努力地背台词，把平时玩的时间拿来为这件事做准备。

活动现场，我坐在台下，看着 Doris 在老师、同学们中小小而忙碌的身影，严肃认真的小脸，其实心里挺暗暗替她紧张的。虽然她不是第一次参加这种活动了，但这次她格外认真，想做好的意愿非常强。

她站在台上，无论是主持，还是跳舞，都非常到位，当真是台风稳健，又不失活跃。看得出来，她非常享受那个状态。

台下的我已然热泪盈眶。

她不仅圆满主持了一场活动，更是敢于去做了一件超越自我的事。

057

058

用眼界丈量世界的宽度

如果你问我，对于一个二十多岁的年轻人来说，什么最重要？

那一定是：眼界。

如何能拥有更宽广的眼界呢？我想有两种方式，一种是通过读书，另一种则来自阅历。

很认同梁实秋的一句话："**读书和不读书，过的是完全不一样的人生。**"

读书让我们跨越千百年历史和伟大的灵魂对话，帮助我们走出傲慢与偏见，思考并认识真实的自我，是个人成长最有效的途径。

有人说，读书有什么用，还不是过一阵子就都忘了？确实，时日长久，书中的细枝末节可能会被遗忘，**但读过的书像不断汇入江河的涓涓细流，潜移默化地浇灌着你的成长，成就了你的谈吐、修养、气质和眼界，让你的生命变得壮阔深远，不知不觉地改变着你的人生。**

正如胡适所说："**当我还是个孩子时，我吃了很多的食物，大部分已经一去不复返而且被我忘掉了，但可以肯定的是，它们中的一部分已经长成我的骨头和肉。读书，对人的思想的改变也是如此。**"

旅行的意义亦是如此，两个女儿从几个月大时，我就带她们环游各地。有人说她们还小，去了很多地方也记不住，我却认为，那些看过的风景、吹过的海风、沐浴过的阳光，都会伴着呼吸成为她们成长的养料，化为无形，深入细胞。

年龄虽小，但她们的视觉、听觉、触感，和味觉对这个世界全然打开着，她们在用一种成年人难以感知的方式认识着世界……我们一起去看这个世界的山川湖海、灿烂文明，在与不同肤色的人交流中，让她们认识和感知世界的丰富，我们一起在应对旅途各种突发状况的过程中，成

061

长学习。

记得那日潮落,我们在海边,拾了很多海参。Doris 伸手摸了摸,她好开心,然后我们又一起把它放回了海里。

这就是我教给她的第一课:爱护自然,敬畏生命。不是每一个被我们拾起的生物都只为了饱腹尝鲜。而我能做的,就是用我仅有的知识与眼界告诉她是非对错。

我希望她们学习海量的知识来解答人生的密码,修得豁达的胸怀来度自己人生的疑惑,行万里路读万卷书扩宽自己认知的半径,最后永远拥有重新开始的勇气。

亲自去丈量世界,见识过、体会过,沉淀下来的便是阅历。

在年轻的时候,千万不要贪图安逸和温暖,如果有机会的话,要待在一个大城市。城市和城镇带给人的视野和眼界也绝不相同。大城市激烈的竞争,会促使你不断突破自己的局限,会带给你多样化的价值观,会告诉你人生不是只有一种活法。

在这个充满偏见、不理解,甚至意见不同便恶言相向的时代,能够接受别人有不同的三观、不同的活法,是多么重要的事情。它直接决定一个人的气度，待人接物的方式和胸怀抱负。

我经常跟 Doris 说，你一定要去看遍这个世界，然后再做选择。

如果你去过许多美丽的地方，看过许多美丽的风景，见识过这个世界是如此壮丽而辽阔，看到过这个世界上的人是如此不同，你才能看清自己真正所爱，才会安然接受生活给我们带来的欢乐和苦难。

因为如果欢乐必不可少，那么，我们也应该能够坦然接受暂时的挫败和困难。你心里会明白，你见过这个世界上的好，你见过这个世界上真的有人过着你想要的生活，你知道你值得一切更好的东西，所以你会更加笃定，更加心无旁骛地努力。

或许人生只有两条路：要么拼命地去创造价值，要么安静地等待老去。但是，只有努力过的人，才有资格享受内心深处的波澜不惊。

吃体力的苦,更吃学习的苦

"我真的能吃苦!"

"我不怕苦,不怕累!"

不论是在面试时,还是在网上收到的简历里,求职者似乎很喜欢强调这一点。

这里所说的苦,恐怕更多时候,指的是体力上的付出。十几年前,老板们或许对这一品质赞赏有加。

但是在科技不断进步的今天,机械化生产大面积替换人工作业,智能的无人化操作机器也越来越普遍,酒店和餐饮行业随处可见智能服务机器人,就是最好的佐证。在不久的将来,许多工种将面临被机器人所取代的命运,一场人类工作岗位升级的变革将势在必行。我们不得不承认，单纯拼体力的工种会首当其冲。

那么，在如今的职场上，如何做才能更具备优势，才不会被人工智能威胁到呢？

你依然要能吃苦，但区别于体力上的苦，而是要吃精神上的苦：

你要有持续学习的能力，能吃学习带来的苦。

社会发展日新月异，移动媒体迅速崛起，兴趣电商逐步抢占传统电商的市场份额，成为新的趋势。作为互联网环境下长大的年轻人，紧跟社会发展的趋势，不断分析用户的需求和痛点，能够为用户提供个性化的解决方案，从而有效地服务和留存用户。这需要一个人具有敏锐的市场直觉、极强的学习能力，每个企业都需要这样的人才。

你要有独立思考的能力，能吃反省提升的苦。

在驾轻就熟的工作过程中，你是否能及时复盘，具有整体化思维，能够通盘思考，有效提出更优的解决方案，或更节省资源的操盘计划，或仅仅是一次比一次取得的成绩更好？这都是考验一个人是否具备独立思考和反省能力的机会。

你要做到忍耐与克制，能吃自律的苦。

你能否在职场上，一以贯之地保持精进向上的姿态？你是否能够有效地管理时间？有了目标之后，你是否能够高效地落地执行，绝不拖延？你能否有效地精进长板，补足短板？你能否克服人性中的弱点，不断强大自我？自律的苦最难下咽，向内精进是一个需要忍耐与克制的漫长过程，是一场化茧成蝶的蜕变，但枯燥的自律将会带给你质的飞跃，将你升级到另一个层次。

你要敢于承担责任，能够承受压力带来的苦。

各行各业人人都有压力，外卖员有每日接单量的压力和及时送达的时间压力，房产中介有冲刺销售额的压力，老板则承担着企业生存、发展和壮大的压力。"喷泉之所以美丽，是因为水有压力；瀑布之所以壮观，是因为没有退路。"社会的蓬勃发展，离不开每一位从业者的辛勤和努力，每个成年人选择一路向前，就没有任何怨言。

能吃这些苦，才是一个人真正的优势所在。

那些低效的、加班到天亮、熬夜到天明的辛苦，只是体力的不断重复，是在用战术上的勤奋去掩盖战略上的懒惰，能收获的只有自我感动罢了。

　　人天生就有惰性，思维懒惰比身体懒惰的人更多，如果凡事愿意多思考一点，就能拉开自己与他人之间的距离，这才是当今职场上的能吃苦。

　　这世界上，唯有人类具有思考力和创造性，机器人为人类所研发，它的出现并不是为了取代人，机器人未来的应用场景会非常广阔，无疑会在很大程度上提高社会生产力，但那些真正具有创造性的工作，需要发挥人的主观能动性的工作，则永远不会被人工智能所取代。

068

不做受害者,去做创造者

三不五时地就会收到网友们关于原生家庭的留言,向我倾诉原生家庭如何影响并塑造了他们的性格,甚至将成年后的生活现状、社交能力差,乃至职业发展的举步维艰,统统归因于不健全的原生家庭和缺爱的童年经历。

粗看下来很是让人心疼,难免生出成长之路尽是荆棘之感慨,但我也隐约感受到一个出奇一致的真相:**有过伤痛之人,更愿意沉浸于伤痛。**

略略看过几本心理学著作,虽才疏学浅,但对这个问题,我有着自己的答案。

"幸运的人,用童年治愈一生;不幸的人,用一生治愈童年。"说出这句惊世骇俗之语的人，是个体心理学派创始人阿尔弗雷德·阿德勒。世人皆知这一句，却不知道正是阿德勒告诉世人，**决定一个人幸福的，永远不是外在发生的事件，而是他内心对所发生事件的解读、看法，以及面对的心态**。对过去经历的解读方式就是你选择的生活方式。

换句话说，你不是所谓的受害者，而是自己世界的唯一创造者。

弗洛伊德将一个人当下的一切境况，归因于过去的经历，解决之道也需追本溯源，从过去寻找原因并将其铲除。阿德勒则着眼于未来，他在其经典之作《自卑与超越》里，清晰地表达了这样的观点："**人在所有的情境中都有所选择。**"

面对过往的经历，如果我们认定自己是受害者，一味地沉浸在过去的束缚中，我们将无法突破和改变现状。如果我们从那些经历中寻找到积极的意义，将会有机会创造不一样的生活景象。

不厌其烦地陈述过去，无休止地沉浸在伤痛中，可能只是因循守旧维持现状的借口，有种推脱责任的轻松。而改变对外界的看法和自己的行为方式，则需要莫大的勇气。

　　弱者等待救赎，强者创造生活。我认为，阿德勒的观点才是指导现实生活的积极心理学，他指引我们不念过去，不惧未来，做真实的自己，勇敢选择自己的生活。

　　美国诗人亨利·沃兹沃斯·朗费罗，写过一首给年轻人的诗，铿然有力，恰是我内心所想表达：

人生礼赞

不要在哀悼的诗中告诉我
"人生，只不过是幻梦一场"
因为睡去的灵魂已然死去
事物的真相和外表不同

人生是真切的
人生是实在的
它的归宿并不是荒坟
你本是尘土
仍要归于尘土

这话说的并不是灵魂

我们命定的目标和道路
不是享乐
也不是受苦
而是行动
在每一个明天
都要比今天前进一步

艺术永恒
时光飞逝
我们的心
虽然勇敢坚决
仍然像闷声的鼓
它正在
伴奏像坟墓送葬的哀乐
在这世界的辽阔战场上
在这人生的营帐中
莫学那听人驱策的哑畜

要做那战斗中的英雄

别指靠未来
不管它多迷人
让已逝的过去永久埋葬
行动吧
趁着现在的时光
良知在心中
上帝在头上

伟人的生平昭示我们
我们能够活得高尚
而当告别人世的时候
留下脚印在时间的沙上

也许我们有一个弟兄
航行在庄严的人生大海
船只沉没了
绝望的时候

会看到这脚印
而振作起来

那么
让我们起来干吧
对任何命运抱英雄气概
不断地进取
不断地追求
要学会劳动
学会等待

　　湮灭的过去，犹如囚困的樊笼，活泼泼的心灵，却可以随时为我们自己做主。
　　我们既不生活在过去，也不生活在未来，我们真切拥有的只有现在。不要活在过去的暗影里，也不必活在对未来不切实际的幻想中，请活在此刻真实的行动中。
　　如果你能将目光始终放在当下，勇敢地创造生活，那你将是最幸福的人。你会发现沙漠里有生命，发现天空中有星星，发现爱的人眼睛里有星辰大海。你还会发现，生活就是一场盛大庆典,每一天都是节日。

如果你没有来自一个幸福的家庭,那请确保幸福的家庭来自你。我常常以此自勉。我这一生,既不热衷美食穿戴,也不讲究华而不实的排场,更不追捧高档稀缺的奢侈品,唯有一个爱好,是为我爱的人和爱我的人付出所有。

各有渡口,各有归舟。人生在世,每个人都有自己的课题与使命,这也是我们必须的修行。

爱是生活的礼物,不是救命的稻草。

祝福我们每个人都能得到爱,并学会爱。

076

077

078

遵守本心，凡事向内求

人生是一张白纸，你在上面画什么，就会拥有什么样的生活。不要抱怨命运的不公和身边的人与事，上天给了你来到这个世界的机会，我们拥有了宝贵的生命，应该怀着感恩之心，尽情地去体验、去绽放。

早晨八点醒来，凌晨三点躺下，从生产到管理，再到终端销售、管理团队、研发新品，除了这些，回到家当爹也当妈。三天出差的间隙，还想抽出时间回家看看俩娃。

认识我的朋友，都说我每天似乎一刻也不得闲。但我喜欢这样的状态，也并不觉得累。

网上有不少年轻朋友给我私信留言，说自己找不到上班的意义，生活也很乏味，每天工作很没有乐趣，生活也缺乏热情。问我如何解。其实答案在内心，凡事所求应向内。

人无远虑，必有近忧。如果对生活缺乏追求，就容易丧失热情，如果没有人生目标，就不容易从工作中得到成就感和价值感。以及，请认真审视自我和这份工作是否是自己真正喜欢的。

逐一拆解当下生活的困境，想清楚自己最需要什么。就这一生的目标，列出十二件必做的事来，从中再挑三四件最棘手、最迫切的事，优先去解决，设定一个时间期限，以此类推每天该做些什么。

人生不过三万多天。做一切事时，不妨从整个人生的角度看，我应该做出怎样的改变，我的心态上应该怎样调整。

生活是过给自己的，人活着就已经很累了，一定要学会取悦自己。

在婚姻中，不要因为对方而把自己变得特别邋遢，吵了架也要把自己打扮得美美的，永远保持着面对生活的精气神儿。

关于工作，由于人的本性是趋利避害，所以大多数人会下意识选择循规蹈矩，不必因此羞愧，重要的是感到快乐。如果每天重复同样的生活，做同样的工作，在同样的地方居住，也能让你很快乐，你当然可以保持现状。

但是，如果你和我一样，尝试新事物总是难掩兴奋，或者对眼下的生活感到焦虑不安，总忍不住垂头丧气，如果你的内心在呼唤改变，那么立刻开始研究改变一下路径吧：你可以做什么，想住到哪里，以及到底想得到一份什么样的工作。

要知道，拓展心理事业的最佳方式是探索新的地方，与新的朋友打成一片，走自己的路，不必总是遵循别人对你的期望。

082

远离无用社交

朋友有事约谈，在我办公桌对面坐下。我给她沏茶，几杯茶过后，她的嘴巴向我右侧努了努，一手举着茶杯半开玩笑地说："你觉不觉得，这点水多少让人感到尴尬。"

我顺着她的示意，看向我精致的煮茶壶。是的，茶壶不大。

"这点水吧，总觉得我喝完两杯就该走了。"

说罢，二人相视而笑。

其实，她没留意到，她坐着的那把铁制小圆凳，也是我有意挑选，没有靠背，不设坐垫，只够坐着把事聊完。要是换成沙发，往里一窝，谈天说地，客人来了恐怕一时半会儿都不舍得走。

这也是我为什么不在办公室放置沙发的原因。

我崇尚高效和务实。有事说事，高效沟通，精简圈子，远离无用社交。

我是一个外向的孤独者。

不喜欢接电话，参加活动之前会感到不安，面对不熟悉的人不会主动聊天，也会刻意回避一些面对面的沟通，只有在特定的地点或者和熟悉的人在一起时，才会感觉自在。但我并不会因此而觉得失落。

实际上，我也可以完美地履行所有社交技能，但我打心底不喜欢这些。我更愿意把时间花在我在意的事情上，比如，陪伴家人，为了节约上下班通勤时间，我把家安在公司楼上，下班只需要两分钟就能到家陪伴孩子；做日常的工作，前一天晚上，我会在备忘录里列出第二天要完成的所有事项，当天马不停蹄地推进；工作处理完后，会抽时间阅读喜欢的书籍，写写文章。我也不觉得杜绝社交会给我的生活带来任何负面的影响。

朋友说，我有自己的生态圈，自动自发，并且自给自足。甚至有朋友说，我像一只喜欢独处的狮子，根本不需要社交生活。我享受独处的时光和静默的思考，许多灵光闪现的瞬间皆来源于此。其实，人不必随波逐流，也不用人云亦云，清楚自己的目标，做好自己的事情，持续地向内用功，比什么都重要。

我一直都十分清楚，自己想要成为什么样的人，想要拥有一个怎样的人生，所以我把精力极致地专注在目标上。当你沉浸在自己喜欢的状态里，会越来越兴奋，并能不断得到滋养，专注地通往变强的道路上会给人带来沉静安宁的莫大能量。

所谓"乱花渐欲迷人眼"，纷繁无章的外界信息正在疯狂地稀释着人的注意力，无形中，精力就被耗散了。一天下来，没做成几件事，却感觉一时三刻也没闲着过。

当你拨开繁冗的外界干扰，把目光聚焦于自身，你会更清晰地知道，自己的目标是什么，该如何去努力。

我认为，真正的满足和安心，来自能够给家人和社会提供更多有价值，且有意义的事情。

清醒自律知进退。

这也是一种难得的自我滋养。

: 086

087

如果有来生要做一棵树，站成永恒，没有悲欢的姿势，一半在尘土里安详，一半在风里飞翔，一半洒落阴凉，一半沐浴阳光。非常沉默，非常骄傲，从不依靠，从不寻找。

——作家 三毛

拼图三

自 足
100 种活法

090

包容孩子的 100 种活法

Doris 和 Hatti 未来的选择完全是开放性的。作为家长，我对孩子抱持的宗旨是什么？健康和快乐，永远健康和永远快乐，保护好自己的身体，不受疾病所侵伤。

快乐是什么呢？培养她们内在精神层面上拥有享受快乐和满足的能力，至于她们选择哪一种生活方式其实并不重要，有这个稳定的内核就足够了。

生活是一场体验，我带 Doris 去过许多地方旅行，平时陪她一起打高尔夫球，带她去骑马、滑雪、弹钢琴、学画画、跳舞……为她报过不少兴趣班，做这些并非期望她有一天成为钢琴家或舞蹈家，更不是在于"内卷"——这是我最不想干的事情，而是希望让她了解得足够多。因为体验过才懂得，只有真正经历过、了解过，才知道自己到底喜欢什么。

但体验也要深入，不能是一时兴起，今天喜欢就多练习一会儿，明天不喜欢了就轻易放弃，我鼓励并陪伴她持续不断地学习，帮她从每一个细微处体会到满足与快乐。比如，让 Doris 弹钢琴，我会引导她从这件事中体会到快乐。

我会这么跟她说："你看很多小孩在小区里跑着玩，还有玩泥巴抠土的，你觉得他们快乐吗？他们肯定很快乐！妈妈小时候就很喜欢玩泥巴抠土，可开心了。但是这种快乐是很轻易就可以得到的，是所有孩子都会的，而钢琴不是每个孩子都会的，在人群中落落大方地演奏，也不是所有孩子都可以的。

"如果你喜欢玩泥巴抠土，那是非常正确的，但抠泥巴的快乐，和你在一个演奏会上来一段钢琴演奏，结束后用英文去谢幕的快乐相比，妈妈想告诉你，虽然你没有体会到第二种快乐，但是这两种快乐是完全不一样的。有些快乐是可以快乐一辈子的，哪怕妈妈不在了，你也会因为你所具备的一些技能、所掌握的一些知识，而感到非常的

093

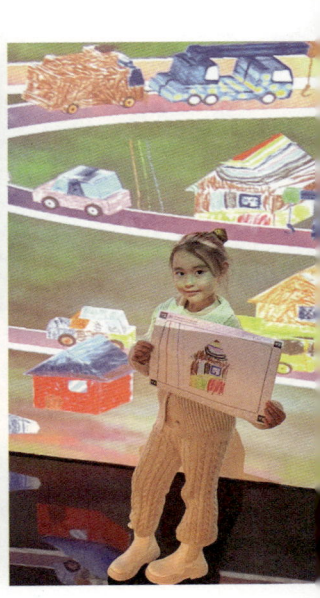

自信和快乐。这就是长久的、高级的快乐。"

永远不要低估孩子的理解力,看 Doris 认真聆听的眼神,我知道她是听得懂的。

不仅如此,我还希望孩子们永远有接纳新鲜事物的准备,寄希望她们能从学习中慢慢做出客观的评价,能够分析接触过的每一个事物,是用来当工具或者兴趣爱好,还是当作拓展思维的阶梯,对每一种答案我都接受,唯独不可以凭借自己一时的情绪而随意放弃。其实这一点对孩子来说比较有难度,但还是那句话,永远要相信孩子具备这个能力。

作为母亲,为孩子们创造积极健康的成长环境,竭尽所能地提供我能做到的上限,同时也接受她们的平凡,不会对她们抱有成龙成凤的期待。唯一的希望是她们可以找到自己的所爱,觉得生活多姿多彩,明天永远值得期待。

有的妈妈会用自己的想法去左右孩子的选择,干预他们未来的发展方向。我不需要孩子按照我的思维来活,只告诉她们优秀的人是什么样子,让她们感受到榜样身上所具有的品质和精神。通过大量的体验,去感受这个世界的多样性,当她们看过世界,再来确定自己真正想从事的事业，无须与他人比较，也不必有任何分别之心，哪怕是非常鲜为人知的小众事业，只要她们充满热情，并愿意在她的领域里深耕钻研下去就足够了。

能找到一生所爱是幸运，如果找不到，调整好心态，乐享当下的人生也很好。在她们的三餐四季里，我希望孩子们看见流云飘动会开心，感受微风拂面也很开心，看见朝阳升起很开心，撞见一场落日晚霞也很开心，遇到下雨天会感觉到无比凉爽，而不是喟叹道路的泥泞。我还想告诉孩子们，她们的梦都是可以到达的，因为梦也是认知边界内的产物，梦越大，世界越大。

幸福的方式有很多，成功的标准也很多，我希望孩子们选择他们喜欢的人生。

不同的年代催生出不同的教育方式，以前我们只有一种卷子，而现在，孩子们有形形色色的考场、多样的筛选机制。等他们长大了，拥有健康的心理、健全的人格，做事找寻意义，也无须固定的居所，不管遇到什么事情，都有重新开始的勇气，闭上眼可以翱翔世间，睁开眼也可以踏实地过好当下的每一天，充分享受活着的意义。

乐享人生，谁更享受谁就赢了。

096

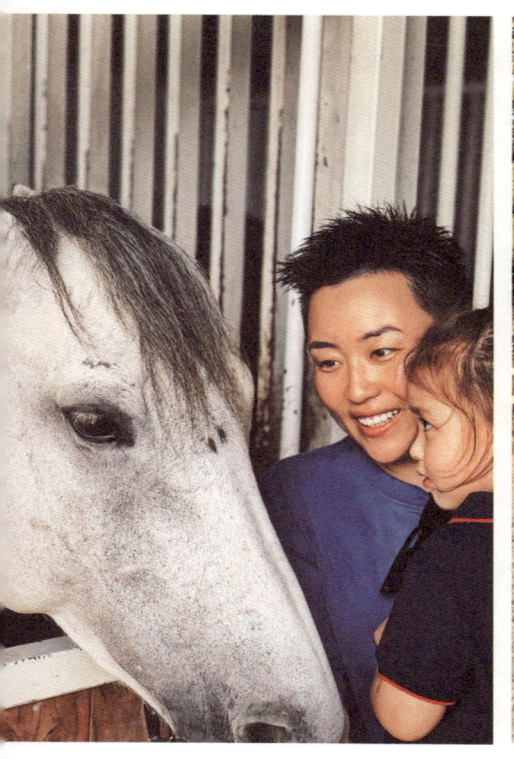

097

098

睡前故事，润物无声

父母的意义，在于陪伴孩子的成长过程中，把生命中晦涩难懂的道理在生活点滴中进行引导，家规不应是教条的文字，家庭教育方针也不应该是训斥与谩骂，而是充盈在每一处日常生活的细节中，每一次和孩子的对话中。

通过直接和间接的引导，让她们体会到家长身上的精气神儿，我希望她们充满阳光，积极向上，永远不气馁，在她们的心里，世间无难事。

和所有妈妈一样，我每天晚上会给孩子讲睡前故事，但我给 Doris 讲的睡前故事有点特别，不在绘本中，在我无限放飞的想象里。我们的故事分许多不同类型，有培养品性的，有解决问题型的，有未来生活型的。我帮她理性分析哪些想法有可能实现，也试图从中培养她的品格特质。

比如，关于勇敢。

Doris 天生胆子比较小，从她一岁多就能看出来，我希望她能勇敢一点。在妹妹还没出生，她快做姐姐的时候，我的故事就已经开始了。

故事的设定是这样的。

场景：家里；

主角：Doris；

事件：某天，当她回到家后，发现家中空无一人，我、婆婆和保姆都不在家，也不在公司，她完全联系不到我，这时候家里突然着火了，该怎么办？

接下来的情节进展中，我不会问她怎么办，而是直接讲述出最勇敢的所有决策。这是一种潜移默化的引导。

"这时候，Doris 很努力地找到了一部手机，并给它充好了电，虽然在此之前 Doris 根本不知道怎么给手机充电，但是她经过冷静的思考，找到手机和充电器上一样的插口，插进去充好电了。Doris 觉得这个太简单了，充好电之后，她就勇敢地拨打了妈妈的电话，因为她知道在特殊情况下，如迷路或走丢时，要打电话给妈妈，因为 Doris 背过妈妈的手机号码，所以当时拨打了 136……"

我故意复述了一遍手机号码，强化她的印象。此时 Doris 已经进入到故事里，连连点头表示非常赞同。

"可是电话铃声响了之后，妈妈那边提示已经关机。突然间，Doris 听见妹妹在她的房间里哭，Doris 会不会去看望妹妹？"我提出第一个问题。

Doris 马上回答："会！"

我对此表示了肯定，然后接着讲："Doris 到了 Hatti 的房间，推开房门，看到妹妹哭得特别伤心。此时，Doris 马上过去把妹妹抱到怀里，拍着妹妹的后背说：'没事，姐姐在。'忽然，Doris 用她的小鼻子闻了闻，怎么这么大烟味？"

身临其境的 Doris 马上说："对，我在绘本里看过，如果家里着火了，要趴下来，要爬着走。"

我再一次对她的正确发言表示肯定，并接着讲述下去："然后，Doris 带着妹妹就往门口爬，但这时候妹妹却不肯听话，怎么办？对，Doris 知道要用玩具去安抚妹妹的心情。"

我尽可能讲述一个最好的解决方案给她听,她会进入到故事,沉浸式地去理解。

故事还没有结束,考验还在继续:"Doris 知道这种情况下不能坐电梯,当她走楼梯下到三楼的时候,看见隔壁门里有一个被浓烟熏得一脸黑的小孩,这时候 Doris 是否选择带他一起走呢?"

Doris 紧锁眉头,使劲点头。

"走到二楼的时候,楼梯一下子坍塌了。这时候怎么办?一定不能跳下去,小孩子跳下去一定会摔坏的。"

Doris 一下子蒙了!紧张地不断想办法。

我的故事像游戏闯关一样,给她设置障碍,给她科普安全知识,帮她选择勇敢的决策,带她走完整个游戏,而不是问她在遇到这种情况下,她该怎么办,然后再一一纠正。我希望通过沉浸式的体验,让她感受什么是勇敢的行为,以及勇敢带给他人的帮助,从内在一点点地给她鼓励,在她的内心播种下勇敢的种子,让它在潜移默化中渐渐生根发芽。

每个睡前故事都是我编的,除了地震、火灾这些紧张刺激的，还有关于未来生活的。孩子未来终究会成为独立的个体，我希望通过这种方式，培养 Doris 的独立意识，让她对未来和未来自己优秀的样子充满向往。

故事又开始了。

"这一天，Doris 终于十八岁了，妹妹十四岁，Doris 的朋友××也长大了，已经十九岁了。Doris 和妹妹要去参加××的 Party，去恭喜她考取了驾照……"

Doris 很快便沉浸其中，想象着自己十八岁时的模样，挑选什么衣服去参加 Party，描述妹妹十四岁的样子，甚至想象当时我和婆婆的样子。我们的未来故事中，不是炫酷的科幻风，而是幸福的日常风，很温暖，适合做一个甜甜的梦。

不过，炫酷的科幻风似乎也不错，下次我试试。

风起于青萍之末，教育往往发生在日常生活的细微之处，幸福和快乐也会相伴左右。

104

105

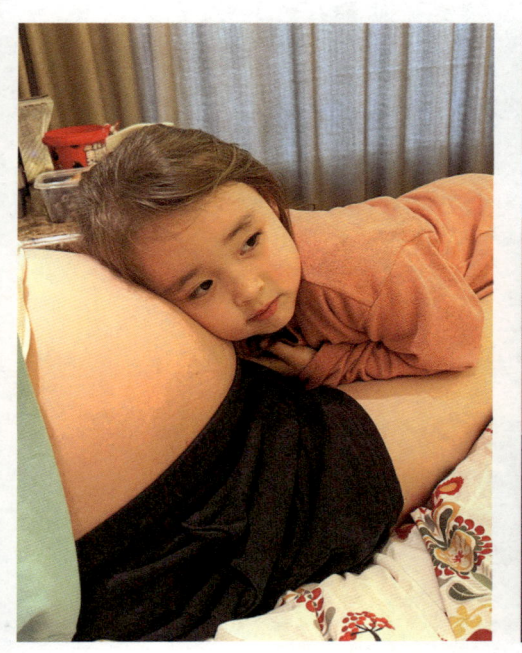

106

饭桌辩论，启发认知

教育孩子很重要的一点是底层逻辑的搭建，基本的认知成型了，孩子们自然会在上面搭瓦盖楼。孩子六岁前，父母尤其需要关注这一点。

那天在饭桌上，跟 Doris 就"是否赡养父母"的话题做了一场辩论赛。以此锻炼她的逻辑思维能力和语言表达能力，从中加深她对这件事的理解，启发她的思考。

辩题是这样的：妈妈把小朋友养大，但是妈妈曾在小朋友小时候动手打过他，把小朋友打得特别痛。正方问题是，小朋友长大后要善待妈妈、照顾妈妈；反方辩题是，因为妈妈小时候打过我,所以我长大之后不对她好。

Doris 略一思索,就领了正方辩题,这代表她认同正方观点。

Doris 率先发言:"父母变老了,如果不照顾他们,他们可能很快就会去世。等妈妈到天上之后,如果你没有照顾她,她下辈子还会继续打你,如果你照顾好她了,她就会意识到打你是错的,下辈子就不会打你了。而且她是我的妈妈,我要回报她。"

该我发言了:"请问正方辩手,她打了我,打得很痛,在那一刻我觉得她并不爱我,所以我长大之后,也不想爱她,因为我们是独立的个体,她不应该打我,她应该尊重我,她不和我沟通就直接打了我。我还那么小,就会有很多事情做不好,所以她一定是不爱我,才打我。等到她年老的时候,我也长大了,我不会去赡养她,也不会对她好。我表达完了。"

听我论述完,Doris 举起小手,像做足了准备一样:"到我了!要是这样的话,还是要赡养她。你知道为什么吗?"她反问我,并接着说,"因为她打你是会有原因的,假如说你做错事情了,比如你把水弄洒了,你知道那里有水,你知道不应该搞麻烦,但你还是搞了,妈妈才打你。这件事情一定是有原因的,所以她不是不爱你,只是那时候她有点生气。我辩论完了。"

"也就是说,你认为妈妈永远是爱小朋友的,只是因为小朋友不乖了或做错事情了,妈妈才会打他,对吗?"我试着整理 Doris 的观点,复述一遍。

"对,是因为他超级不乖!"Doris 紧跟着强调道。

我接着整理她的观点:"所以,小朋友不应该记恨父母,对不对?"Doris 点头表示认同,我接着进一步阐述观点,"即使小朋友做了错事,可他还是小朋友,小朋友就是会做错事啊,成长的过程中大人都会犯错,小朋友肯定也会犯错啊。"

"你刚刚说什么?"Doris 迫不及待地提醒道。

此时我还没有意识到 Doris 抓住了理论依据,于是我又复述了一遍刚才的话:"大人都会犯错,小朋友更会犯错。"

"好!听着,那大人会犯错,在打小孩的那一刻,不应该就是大人的错吗?你没想到吗?我表达完了。"Doris 狡黠地眨着大眼睛,振振有词。

此言一出，我大为震惊！不得不认同并赞叹，Doris 说得太对了。

　　我赶紧对她表达了肯定："你说得对！你看问题特别准，在打小孩的那一刻，就是大人的错。大人错在哪儿？我们错在……"没等我表达完，Doris 就把话头接了过去。

　　"要尊重小孩。小孩做错了，你得先告诉他，让他意识到自己犯错了，如果他不听还继续犯错，你再跟他说，如果他还不听，这时候你很生气了，你再揍他。你都已经说了两遍了，他还不听，他知道后果，但是他还要这样，那就没有办法了。"Doris 一边绘声绘色地说着，还一边摊开两只小手做无奈状。不得不承认，Doris 处理问题的方式，有理有据，进退有度。

　　"但有的孩子就是很淘气，总是会把水倒在地上，总是不改正。他也听不进去妈妈的沟通，需要家长付出极大的耐心。但是你知道，家长有很多要忙的事情，妈妈工作上忙起来了，孩子却还在闹，所以妈妈的情绪就会不稳定，就会想打孩子。"我试图跟 Doris 讲述，家长会在什么情况下打小朋友，家长为什么会打小朋友。

　　她用两只小手托着小脸，听得很认真。我知道她在努

111

力理解，于是我往情绪稳定的话题上引导："我认为，即便是这种情况，打人也是不可原谅的。既然是大人，就要学会控制情绪，如果你控制不了情绪，孩子长大了就可以不养你。我辩论完了。"

"如果这样的话，小朋友可以跟妈妈说，'妈妈，你打我很疼，你能给我一次机会吗？'妈妈如果同意了，小朋友就有重新开始的机会了。"一边说着，她两只小手一边做出拜托的动作。

我也接着总结 Doris 的观点："就是说，你希望多给小朋友机会，而不是用打他的方式去解决问题，因为打人的人在做错的事情，被打的人也很痛苦，对不对？"

"嗯。"Doris 点头表示赞同，我也逐渐被女儿的观点说服。

"你接受我的说法吗？"Doris 还记得在辩论中。

"妈妈接受，我觉得你说得对！我也设身处地地想了一下，假如婆婆年轻的时候，对我不好，等到她老了，走不动了，我打内心里也是会原谅她的，我还是很爱她，因为她是我的妈妈。这世界上我们每个人只有一个妈妈。"

也许是我不由得动容了，Doris 听得也很入神，接着我的话:"没有无数个妈妈。"

"对,没有无数个妈妈。所以我们要珍惜这种缘分。"

平时相处中,我跟 Doris 沟通得很多,她也能听进去我讲的道理,并且总能领悟到那个正确价值观的答案,充分辩证自己的主张和立场。她才来到这个世界上五年,前三年都在喝奶,后两年才开始学习做人啊。

泰戈尔说过:"人是一个初生的孩子,他的力量,就是生长的力量。"

每个生命都有自己的轨迹和使命,身为父母,无法代替他们成长,也无须对儿女的未来抱持自以为是的执念,尽其所能进行正向引导,引导他们养成良好的生活习惯,其余更多的其实是尊重,尊重每个生命原本的面貌,随顺他们的天赋使命,他们或许会长成超出你想象的、卓越优秀的样子。

教育的本质是一棵树摇动另一棵树,一朵云推动另一朵云,一个灵魂唤醒另一个灵魂。

114

陶养人格，自信丰富

决定孩子一生的不是学习成绩，而是健全的人格修养。

那天看了一位语文老师的演讲，感触颇深。他讲了一堂关于《诗经》文化的公开课，课后被人指责不该给学生讲高考不考的内容，而他说真正的教育，给人的不仅仅是知识，还有文化。

不知道从何时开始，应试教育被放在了教育宗旨的最前端，在这样的指导下，孩子们写的文章千篇一律，孩子们的性格千人一面，这真的是国家需要的未来栋梁吗？

孩子们并不知道知识背后有怎样的文化内涵，也不知道自己将要成为这个国家新时代的主人，掌握这份蓝图需要具备哪些综合素养。但我们知道，没有高度的文化自信，就没有中华民族的伟大复兴。

我真希望，我们的孩子们能够知道，我们有灿烂的诗歌文化，有经史子集的国学瑰宝，我们深受其教的人生道理，全部来自中国上下五千年的文化底蕴。

我真希望，孩子们在学会生活技能的同时，拥有健全的人格和创造美好生活的双手。一个完整强健人格的养成，并不源于知识的灌输，而在于感情的陶养。这种陶养就在于美育。塑造全面完整的人，也正是美育的宗旨。

人人都有感情，而并非都有伟大而高尚的行为，这是由于感情推动力的薄弱。要转弱为强，转薄为厚，有待于陶养。陶养的工具，为美的对象，陶养的作用，叫作美育。

117

118

爱不缺席,为母则刚

父母为孩子造就了原生家庭,成年人的压力,来自要做孩子的榜样。

为人父母,不是孩子呱呱坠地,你就自然地升级成父母,而是在孩子的成长过程中,付出爱与陪伴,要以身作则去赢得"父母"这一称号。

李安导演做客《鲁豫有约》时被问道:"现阶段您最大的幸福感是什么?"

李安是这么回答的:"我太太能够对我笑一下,我就能放松一点,我就会感觉很幸福。我做了父亲,做了人家先生,并不代表我就能够很自然地得到他们的尊敬,每天还是要赚取他们的尊敬。"

我深以为然。

孩子的三观来源于原生家庭的三观，父母的认知，直接影响着孩子的认知。

父母是什么样子，孩子就会表现出什么样子；你在家里怎么对待他，他在外面就会以同样的方式对待别人；你怎么向他表达爱，他就会以同样的方式去爱别人；你如何与他共情，他就如何去跟别人共情。所以，一些单亲妈妈的家庭，在和孩子相处时一定要注意心态和语言引导。不要给孩子输出诸如"只有妈妈一个人带你，你很可怜""妈妈带你很辛苦，你要懂得照顾妈妈"这类的话语，这样孩子无形中会感受到巨大的压力。

如果父母给孩子带来这种缺失感、失落感，孩子就会认为自己是可怜的。所以，父母要尽可能把正面的能量传递给他们，让孩子感受到阳光，而不是负面的东西。

我们一定要相信孩子会比我们优秀，当你足够相信他们的时候，他们就会朝着非常优秀的方向去生长，他们也会对自己有要求。

有句话怎么说来着？如果想做一个伟人，你要站在伟人的角度去思考问题和做事情，慢慢地你就会成为伟人。身教大于言传，父母首先要以身作则，给孩子树立榜样。

父母每天都保持积极学习的状态，孩子自然能感受到你为了让人生过得更好的那份向上的力量，孩子的感知力最不容低估，父母的些微情绪状态，他们都能精确地感受到。所以，要以身作则，躬亲示范，做孩子们的榜样和英雄。如此，这些优秀的品质自然会传习到孩子身上。

身为父母，如果自己不爱学习、不努力，妄图通过言语说教，培养出一个爱学习的孩子，多少有点异想天开了。父母需要用自己的行动，赢得孩子的尊重，这一点非常关键。

有时，在网上看到一些崩溃的家长，会不由得思索一番。

确实，教育重任落在了我们80后、90后的肩膀上，身为独生子女的我们，是不是某一刻还觉得自己是个孩子？突如其来的一切，社会的飞速变化，孤立无援的我们，还未懂得生存就突然做了母亲。一团乱麻的生活和不作为的另一半，是不是也曾摧毁你对生命的定义？

但无论何时，都应寄希望于自己，而不是他人。孩子是生命的延续不是养老的依托，伴侣是生命的同路人，没有也可自己行端，终生学习可以自救也可以救人，孩子的眼睛才是人间的良药。

为母则刚，深陷泥潭也必须要开出花来。

一鼓作气是种因，来日方长是结果，所有的悲痛是生命的提携，它要你立刻坚强，我知道这很难，但谁让我们是母亲，我们的大树又在保护着谁？

因为是母亲，所以教育引导是我，温柔体贴是我，陪伴温暖还是我；因为还拥有一份事业，所以披荆斩棘是我，遮风挡雨是我，安家置业也是我。

人生有多种选择，每一种都有苦要受，能把苦变成甜，才是一世为人的能力。

123

124

父母爱子，教之以义方

"哀哀父母，生我劬劳。"

每一个孩子都是父母的心头肉，重男抑或重女，都有失偏颇。为人父母，参与一个生命的成长，都意味着付出和成长。

至要莫如教子。任何事业的成功，都无法弥补孩子教育的失败！虎父无犬子，慈母多败儿。没有哪个男孩是与生俱来优秀的，也没有一个男孩无法被培养出来优秀的品质。

养育男孩与养育女孩，大有不同。男孩需要具备的品质，从小就要在他心里播下种子。身为父母，一定非常重视这个问题，因为你培养不好儿子，将来就会有孩子没有好的父亲，一个女人拥有令人失望的老公。

"爱子，教之以义方。爱之不以道，适所以害之也。"

尊重女性，礼貌绅士，是对男孩最基础的要求。因为他的生命来自母亲。

责任感是一个男人的底线，是一种自我要求。言教者讼，身教者从。责任感来自家庭的教育，养育男孩，道德观念和责任感从小就要种在他心里，从成长点滴中教育他学会承担责任的重要。如果一个男人没有责任感，大抵是他从小没有因为不负责任而受到任何惩罚，没有体会过不负责任的羞耻感，没有人对他进行过道德上的批判，这是教育出了问题。一个有责任感的男人，会对一切都负责，对社会、对家庭、对伴侣。

责任感是基准，胸襟和格局是必要的，男孩子要培养他经得起大事，有容人的气度。

一个男孩成长为稳重的男人，是否拥有足够宽广的眼界和高瞻远瞩的目光，也至关重要。

一个人如果只能看到眼下的利益，或者只看局部不见整体，则难以有更大的发展。

　　既有远大的理想，也对未来有美好的期许。因为一个有梦想的人，是一个对生活有追求的人，是一个有创造力的人，如果他能够脚踏实地地落地执行，那么他的未来一定不会差。

　　家庭是人生的第一个课堂，父母是孩子的第一任老师。父母教育孩子，应做表率且润物无声。这样，小时候可爱的男孩，长大后会成为一位绅士，会成为一位不让妻子失望的丈夫，不缺席孩子成长的父亲，一个顶天立地的男人。

　　现实生活中，有钱的男人比比皆是，嘴甜的男人亦不稀缺。然而，相比于外在的虚浮，男人内在的品质更为重要。一个男人稳重的表现就在于，有困难扛得住，有压力顶得住，有风雨扎得住，有诱惑忍得住。

128

129

每个人都有他的轨迹和使命,生而为人不为得到同类的认可,而是利用为人的时间修德行。这一生不论见天地、见众生还是见自己,修行总在人间。

——迪仕艾普·叶海洋

拼图四

善
人生走正路

132

对自我有所要求

有人问:"做人和做事哪个更重要?"

先做人,再做事。做事的标准太多了,而品性是一个人的根本。

首先,做一个品行端正的人,做事情一定不掺假,然后这样的人做了一个品牌,这才是做事。

对于一个品牌而言,质量永远是第一位的。如果你并不是一个这样严格要求自己的人,那么只谈做事,只会越做越差。因为自我要求太重要了,标准就是标准,坚决不糊弄,对品质的每个细节,绝不将就。

你是一个有原则的人,做的事情才有原则。

我做品牌的理念也可追本溯源到"正"和"善",我们不打价格战,因为想要价格便宜,势必要在产品质量上做出让步,降低品质上的成本,去满足价格上的拼杀,但是价格战哪有尽头?总有人比你价格更低。最后牺牲了质量,也没有赢来销量。所以我希望做自己就好,这个品牌就代表了我的整个状态,哪怕只有一小群喜欢我们的人,得到他们的真心认可,就已然很好。

凡所作为,必有要求。

除了做工作,其他事亦是如此。人生最重要的事,就是与你最亲密的那个人(可能是孩子,抑或是伴侣)是否认可你,如果可以重来一次,他是否还会选择你,这对我来讲就是标准。所以,和每个人相处时,我都以这样的标准为人处世,绝不做没有底线的事情。

我不喜欢别人对我失望,法律层面肯定没问题,但是我对自己有更高的道德层面的约束。所以,不管是陪孩子,还是工作,我都会尽我所能去做到目前能做到的最好。

我崇尚榜样的力量。见贤思齐,见不贤而内自省也。用未来构建现在,我要成为怎样的人,要过什么样的生活。

我要学习多少知识，要看多少风景，要具备怎样的认知，才能与榜样齐平，我就以此为要求。从每一个当下起步，日拱一卒，精进不断。

　　孩子们的成长速度惊人，工作之外的时间，我通常都用来陪伴孩子们，我不想错过孩子的每一个成长瞬间。昨天还在牙牙学语的小女儿，今天就能开口叫妈妈了，孩子的长大好像是一瞬间的事，真希望她们能慢点长大。

　　Doris 幼儿园的每场活动、演出，包括家长会，我都不会缺席，甚至出差我都想把她们带在身边，家人对我来说就是最重要的。朋友说，看我平时那么忙，还能腾出那么多时间陪孩子，简直是"超人妈妈"，无形中给她造成很大的压力。因此，只要在我面前，她对自己的孩子就格外有耐心，不然会觉得自己对孩子很愧疚。

　　作为一个企业主，如果不能给团队成员提供有发展的平台和成长机会，那么你可能很会赚钱，但不足以称之为一个好的企业家。企业与个人一定要相伴成长，这点非常重要，企业在成长，员工也在成长。所以，在面对一些年龄比较小的员工时，需要付出更多的耐心和包容，梳理他们的底层逻辑，帮助他们理解自己的岗位要求及职业角色，希望他们能够自己对自己提出要求。

刨除企业和员工的关系,每一个年轻人都是祖国的未来,他们需要成长的土壤。而且有这样的因缘,让大家聚到了一起,我也希望每个员工都能借助公司这个平台,通过自己的努力,在深圳这座快速发展的一线城市里扎下根,过上自己梦想的生活。

每一年,我都会做一个总结,然后设定一个新目标,再回问自己这一年是否生了智慧,还是原地未动。随着年纪的增长,我对自己的要求也越来越多,一切答案都需要向内求。向内求得多,向外求得就少。

"仁者如射,射者正己而后发。发而不中,不怨胜己者,反求诸己而已矣。"古人修身必先从内省正己做起。

古圣先贤随便出口的几个字,可能是吾辈一生的课题。我总喜欢和智者求教一二,但难在,我身边智者无多,再加精力有限,无交朋结友之时,遂书中取。夹缝时间反复学习《论语》,才疏学浅,方刻意练习,圣人留给我们的从未是知识的本身,而是看待世界和人性的角度;绝非教化,而是容纳,每一个人收获的方法论皆为不同,所以果便不同。

  我不羡慕物欲的人生，我只崇拜自由的灵魂，我喜欢智慧而非聪明的人，我喜欢和内心有格局的人聊天，我学习我所崇拜的人的思维方式，我补习自己曾经错过的知识，我总是独来独往，享受孤独和思考的时间，我反省着自己，鞭策着自己，我想成为更好的人。

  我是叶海洋，是女儿，是母亲，是企业主。我珍惜每一段缘分，也竭尽全力把每一个角色都做好，都做得尽兴！

138

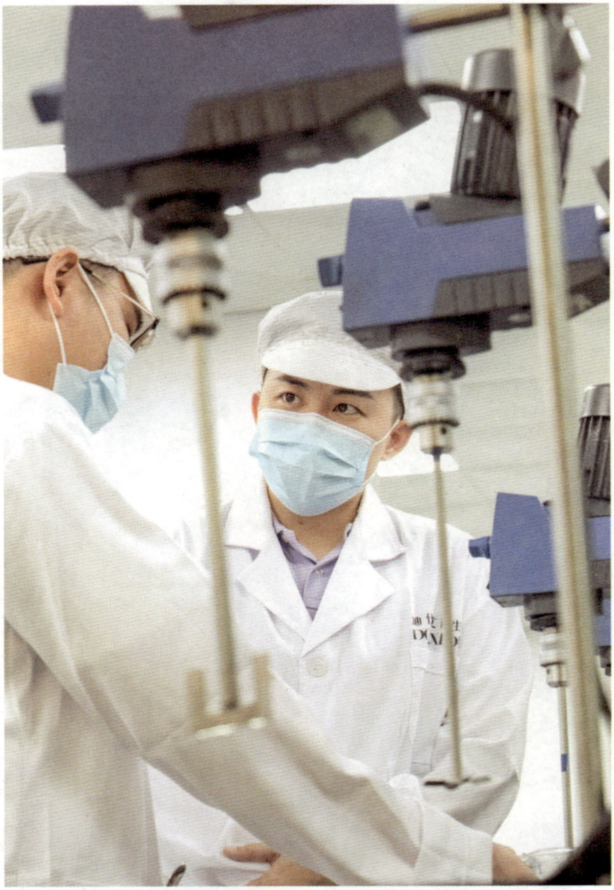

140

允许一切发生

有位朋友问我，当你有负面情绪的时候，有哪些排解方式？

我想了想，还真没有。已经发生的事情，都是会必然发生的，除了接受我不能做任何改动，那我为什么要愤怒呢？从结局看开始，从死去看生的意义，一切安之若素。所以，我不需要出口。

曾经看过一个"人生十大遗憾"的评选，包括没有考取理想的大学，结婚太早所托非人，入错行业和忽视健康等问题。

那些错过的人和事的选项，令人心生遗憾，但人生没有重来的机会，没有想当初。生而为人，谁都有做错选择的时候，而这些就是我们应该去经历的。

尽心、尽兴、尽力地经历过了，何谈遗憾呢？

我们要接受这世界上突如其来的失去，洒了的牛奶、遗失的钱包、走散的爱人、断掉的友情……停下来告诉自己学会接受，如果不能微笑面对，那就抱以沉默。

谁的生活不是一地鸡毛？只不过有的人选择歇斯底里，有的人选择沉默不语，而有的人则选择整装再出发。

没有想当初，只有现如今。

当生意第一次遭受重创时，也曾深感无力回天，但如果深陷其中，只会耗费更多当下的时间和精力。

"既入穷巷，就应及时掉头才是，不可等一世消磨，方悔之晚矣。" 当现状无可挽回的时候，要学会接受，并着眼于当下的缘起。凡是过往，皆为序章。旧故事的结点，就是新故事的起点。此时此刻，我能做些什么。站在新的起点上，开拓迎接新的未来。

许多年前，当听到一些有失偏颇的观点，或和一些人在认知上有极大偏差时，我还会忍不住辩论一二，试图让对方意识到自己的问题。自认为发之乎善意，想帮助对方，但不免让这颗心变得争强好胜，失去清凉。

如今，我已不再执着于与人分辩，也不再自以为是地好为人师，只是安安静静地做好自己，点头微笑并且选择尊重对方的一切。这并非是居高临下的傲慢，或远离是非的冷漠，而是更深切地懂得了每个人都背负着各自的人生课题，有些路必须自己途经，自己抵达。

当我们尚观察不到背后更深的因缘，允许一切如实发生就是最好的选择。

允许告别与失去，允许遗憾与不理解，允许付出也可能没有回报。

一切的发生本身，人力根本无法阻挡，无论是恐惧，还是期待，它都会自然地发生，所以选择让它过去。学会境随心转，任何不愉快与生死相比，都微不足道。

放下对抗，允许一切发生，未尝不是另一种强大。 随之，会逐渐变得柔软舒展，内心滋生力量。

我不信佛，不信命，但我信因果，自诩海洋是希望自己可以海纳百川，三十岁悟到初衷，望四十岁学会心静，我难以出口成章,但是喜欢记录一二,你要问我我的梦想,便是流浪,体验百种人生,回归田园与森林,生活一直在路上。

看到真相,接受真相,享受真相。

万事万物,接受即心安。

145

时候说再见了，在这个梦里，你感受自己，也短暂窥见了
胡安·米罗，他的生命。
光束，星轨。我们的命运片刻彼此交汇。
梦境里遇见米罗，梦境外，重回现实生活。
现实有边界吗？
跟随胡安·米罗，在无边的梦境中，再遇自我。
这是「无轮之廊」。
time to say goodbye. In this dream, you listened to your
heart and crossed path with Joan Miró.
ms, trails of that shooting star. Our lives intersected here
aw him, Miró, and his wonderland in our dream.
and back to the real world, do you see the boundari
ow Joan Miró's footsteps into our dream, look in yo
again.
This is boundLESS.

你在,就好

1

一次在机场候机时,一位粉丝朋友认出了我,她很热情地跟我打招呼,我们很自然地聊了起来。她提到很想买一个儿童驱蚊膏,在直播间蹲守了一晚上都没抢到,正好我随身带了一个,就拿出来送给了她。她很开心,我也很开心!

遇见粉丝的时候,每一位粉丝都觉得自己很幸运,其实幸运的是我,在人群中被一眼认出并叫出名字时,真是有种莫名的感动!佛说,前世五百年的回眸,才能换来今生的擦肩而过。那要多大的缘分才能记住一个人的名字呢？我深感惶恐又感恩。有幸参与你们的人生，哪怕是一闪而过，都是我的荣幸。

2

一天，我走进办公室，收到一个快件，上面用娟秀工整的笔迹写着"重要文件，劳烦转交叶总"。

打开之后，是一张信笺，没有署名，不知称谓。一个素未谋面之人像至交老友般向我倾诉心声，信中提到最初"清澈的爱，只为中国"的赤子之心，人生履历与职业选择，以及同为东北老乡对东北经济发展的拳拳之心。信中还提及"认清生活的真相"，于我而言，生活的本质，是做自己喜欢的事情，做自己想做的事情，然后活在当下。

虽然微信也可以联系到，但我还是想手写回信，我认为这是对来信者最礼貌的方式。整篇读罢，倍感温暖！

3

迪仕艾普童装品牌 DC EXPORT KIDS 发布那天，我在场内彩排，近三百名粉丝朋友在场外有序地等待进场。灯光亮起，我携女儿走出来，非常刺眼，我看不到她们坐在哪里，但是我听到了她们鼓掌的声音，我似乎看到了每一个人脸上的笑容。我不知道我能带给她们什么，但我相信，是千丝万缕的缘分让她们坐在这现场，是由心底的支持和喜爱使得她们能冒着台风和暴雨赶来。

我下台后，又接受了媒体采访，其实当时已经特别累了，但是工作人员告诉我，一些粉丝朋友还在等我一起合影，我便迅速赶到她们的位置。看到她们后，虽然我并不能认清每一张脸，但是她们的热情让我感受到我们就是一家人。

以至于后来，我看到那天剪辑后的片子时，内心仍十分感动，眼泪忍不住在眼眶里打转。

我总觉得人间有真情，并非一定要建立在熟悉的关系中。如果我的生活给远方的人带来力量和温暖，将是我莫大的荣幸。自媒体上记录的无论是事业还是生活，都是我的真实写照，呈现的本身是为了记录生活。

我这平凡的一生，会一直记录下去。

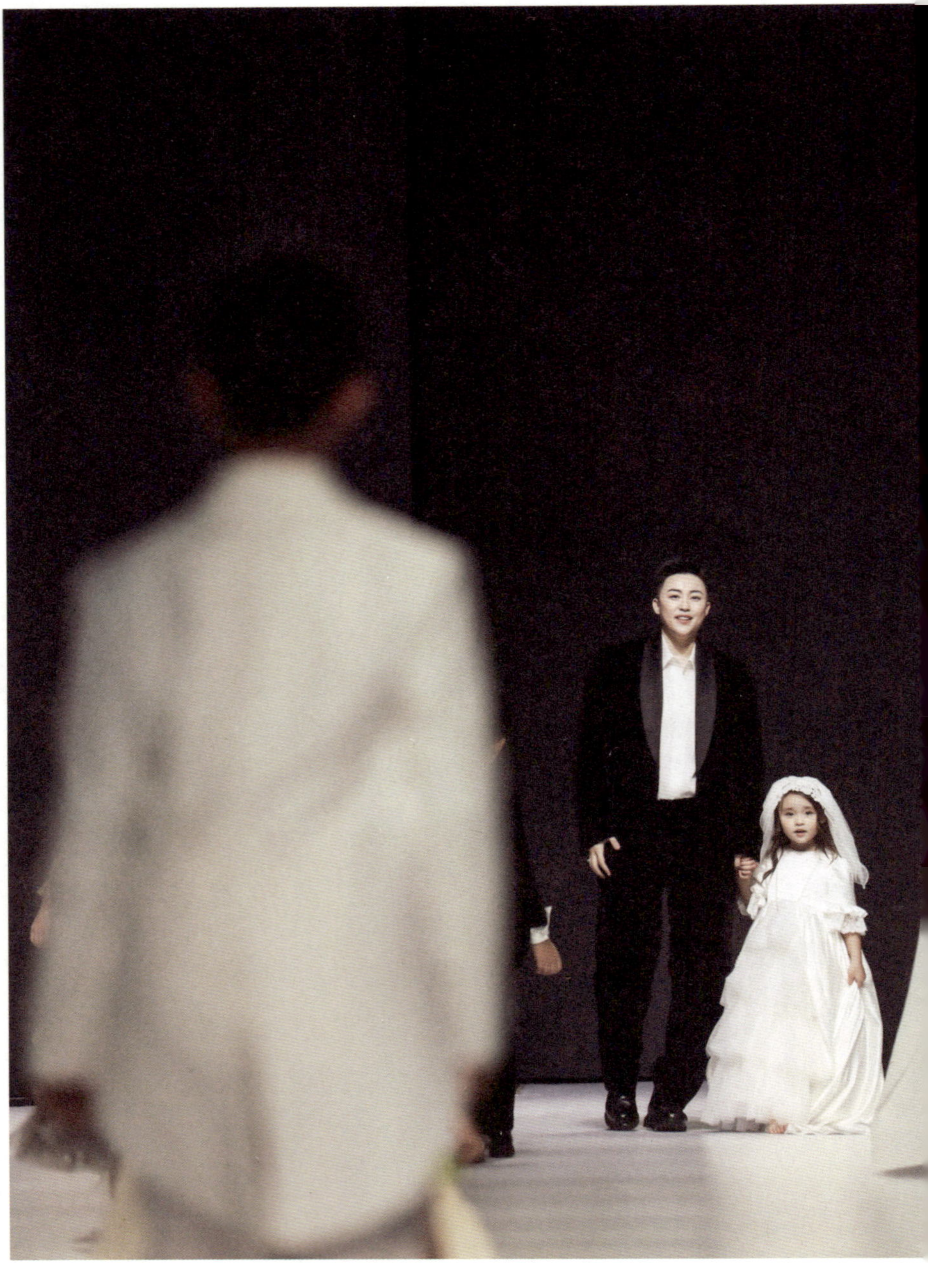

D

4

我们一辈子遇到的、欣赏的、谈得来的、喜欢的，有那么多人，有的做了朋友，有的做了同事，有的做了至交，有的过很多年才能见上一面，因缘不一样，关系就不一样，享受一切发生就好了。每当想到那些共同拥有的美好时光，都忍不住会心一笑。

写到此处，顾城诗中的画面忽地闪现眼前：

> 我多么希望，有一个门口
> 早晨，阳光照在草上
> 我们站着，扶着自己的门扇
> 门很低，但太阳是明亮的
> 草在结它的种子，风在摇它的叶子
> 我们站着，不说话，就十分美好
> 有门，不用开开，是我们的，就十分美好

"美好"在于茫茫人海中的粲然相遇，在于笑而不必言的心灵契合，在于人生某个阶段，也曾有过用蝴蝶般翩

然跳动的指尖,轻触阳光的明媚时刻。

　　我们相遇在各自的旅程中,彼此同行或短暂交集,时间或长或短,对此我从未开口言谢,因为觉得那样太过官方。在此刻,想郑重地跟你道一声感谢,谢谢你让我的人生大多时候都觉得这个世界很美好——那就祝我们爬不同的山,依然能够在顶峰相见。

154

人间过路客

　　繁忙的人世间，我找到了一片宁静的净土，罗浮山延祥古寺。

　　没有选择开车，特意与大家一同乘坐大巴而来，这一路犹如通往内心世界的漫长跋涉，一个半小时的路程，终于抵达了这座庄严的寺庙，它掩映在群山之中，是一处幽静的所在。

　　这便是我参加禅修的地方。先去客堂办理挂单，挂单原指行脚僧到寺院投宿，现代人们进入寺院参加活动需借宿也被称作挂单，拿着房门钥匙，穿过寺院悠长的走廊，便到了寺院为我们安排的房间，房间装修半是古意半是新，深得我心。

　　脱下俗服，换好禅修服，禅修之旅也正式开始了。

　　第一天，学习佛门礼仪。始知跪拜乃至行住坐卧皆有章法，这些古老的仪式如同一把钥匙，开启了通往宁静世界的大门，动荡的心随之一点点安住下来。这里不仅是佛祖的道场，也是迷失心灵的避风港。

　　"饭菜来自农夫的辛勤劳作、义工辛勤烧煮，一粥一饭当思来之不易。"在这里，吃饭也颇具仪式感，成为学习感恩的课堂。斋饭简单而纯净，每一口似乎都在净化我的身体，为接下来的冥想打坐做准备。

　　在禅修中，代表现代生活的手机，却成为累赘被放置一旁，这里也没有工作的缠绕，唯有心灵与自然对话。

　　下午安排了串佛珠活动，每颗珠子划过指尖，仿佛能听得见安静的声音，每拨一颗都是心灵的一次净化。

　　第一次的禅修，让我感受到了深邃的宁静，像是浮世万物都远离了我，只余内心的平和。

　　晚上，有幸与师父共同敲响了寺院的钟声，庄严的钟声在山谷中回荡，仿佛穿越了时间与空间，触动了我内心最柔软的部分，不禁热泪盈眶。在那一刻，我仿佛明白了禅宗所追求的那份无我，心中涌动的平静，是对尘世纷扰的超脱，也是对自我深刻的洞察。

第二天早晨五点，是寺里的早课时间，彼时天尚未亮。很难想象，此时此刻，有一群修行人在深山之中，已经开启了一天的功课。一众人齐聚佛堂，按照既定的仪轨，从早课开启一天生活。声声唱诵，犹如能量之海。在这里，每一刻的体验都像是一次灵魂的洗礼，在这片宁静的天地间，我仿佛找到了心灵的归宿。

随着夜幕的降临，我感恩于所经历的一切，心中充满了期待，期待别样的生命体验，期待朝阳下新的启示。

在自然面前，人类渺如尘埃，我屈膝跪拜，内心所求并非外在物欲之追求，而是去除内心的执着与傲慢，希望人性中的丑与恶，在阵阵的钟声中消失殆尽。

我是人间过路客，遇见的皆大欢喜。

自古人生最忌满，半贫半富半自安。

158

一切皆是修行

人类往往少年老成，青年迷茫，中年喜欢将别人的成就与自己相比较，因而觉得受挫，好不容易活到老年，仍是一个没有成长的笨孩子。我们一直粗糙地活着，而人的一生，便也这样过去了。其实回过头想来，我们走过的每一段路，看过的每一处风景，欣赏过每一次的落日与晚霞，经历一次又一次的四季更迭，遇到过形形色色的人……当真一无所获吗？

其实我们一步步学会了，如何与这样常常带来问题却又让人无限留恋的生活打交道。

我们所经历的每一段时光都弥足珍贵，是每个人不一样的独属剧本。

问题不断又让人留恋，这就是生活。

我们一般除了对跟自己有直接利害关系的人之外，对身边其他人的关注度都不够。不知不觉间，就觉得周围的人冷漠、自私，以致自己有话无处倾诉，变得孤独、压抑。实际上，自己对他人的苦乐忧喜没有用心，没有付出，怎么会有回报呢？

多去发现和体会，在自己看不到的背后，他人对自己的付出、理解、体谅和成全，那是善念善意开出的花。

生命中许多美好含藏在最平淡的日常中，要去用心感知。

每遇佛像，定然起身长拜。不禁自问，究竟在拜佛还是在拜欲望？

我认为最大的信仰不是烧香拜佛，而是善待他人，守住道德的边界，对世间充满爱和善良。做磊落之事，行君子所为，我不懂跪拜之礼，我也分不清佛祖和每一尊菩萨的名字，我深知自己没有能力去供奉神明，我只求修行于人间。

　　此去南山，我经过便跪拜，遇见是缘，跪拜是礼。此生我很幸福，再做许愿就是贪，万物皆有因果，我若求果必先种其因，善在心中，佛就在心中。

　　要懂得人生不完美是常态，圆满则是非常态，就如同月圆为少，月缺为多，道理亦然。

　　不管是今天，还是明天，都好过昨天。

　　所以，在不违背天地之道的情况下，做一个自由而快乐的人。

　　这就好比一台戏，优秀的演员明知其假，却能够比在现实生活中更真实、更自然、更快乐地表达自己。

　　人生亦复如此。

　　人活一世，重要的不是去计较真与伪，得与失，名与利，贵与贱，贫与富，而是好好地快乐度日，并从中发现生活的诗意。

　　人生是一场不易的修行，不必将自己困于执念和过去的伤害中辗转颓然，求而不得未必是遗憾，相信老天另有安排，定会以另一种方式得以圆满。

　　人生如逆旅，我亦是行人。

每个人都有他的轨迹和使命，生而为人不为得到同类的认可，而是利用为人的时间修德行。这一生不论见天地、见众生还是见自己，修行总在人间。

人生路上，时刻心存善念，走正路，吸引正确的人。

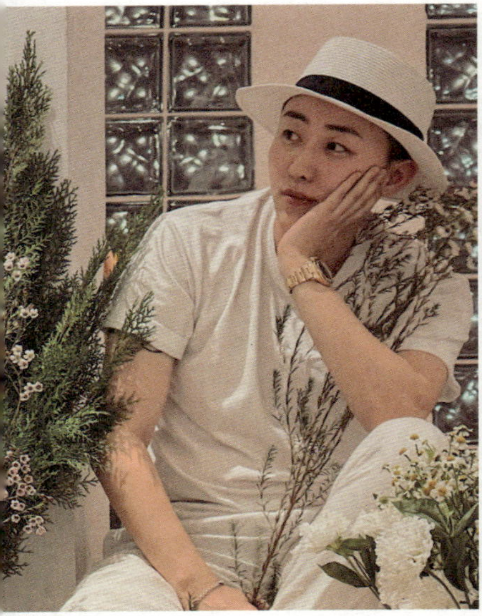

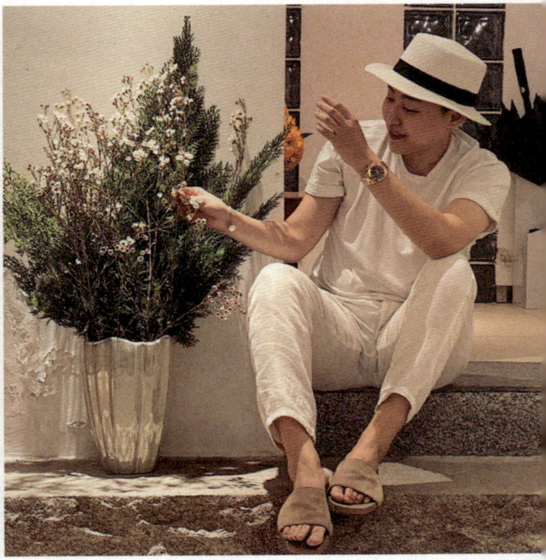

你是弓,儿女是从你那里射出的箭。怀着快乐的心情,在弓箭手的手中弯曲吧,因为他爱一路飞翔的箭,也爱无比稳定的弓。

——黎巴嫩诗人 纪伯伦

拼图五

爱

及时行"爱"

166

唯有爱意,没有枷锁

一天睡前,和 Doris 躺在床上讲睡前故事。

我一时心血来潮,想问她一个问题。

"姑娘,如果有一天,世界上只有一棵长在悬崖峭壁上的草才能救妈妈,你会爬到悬崖上去帮妈妈采下那棵草吗?"

她一只小手杵着脸,毫不犹豫地回答:"能啊?在哪儿呢?"

我哭笑不得地重复了一遍:"在悬崖上。"

她似懂非懂,理直气壮地问:"'悬崖上'是什么?"

"就是在一座非常危险的山上,陡峭的岩壁上。"我边解释边比画。

听懂了之后,她窝在我胸口撒娇:"不愿意,不愿意……"一面说着,身体一面本能地往后缩了缩。

老母亲难言尴尬,不死心道:"你要不要再想想?"

Doris 略做思索,旋即摇头:"嗯……不可以!"

"为什么啊?"

"因为,我怕摔倒啊。那尖尖的东西可滑了。"她紧紧抱着我,继续说,"我跟你说,我见过那么大的山。"

"那妈妈就不在了啊。"我手轻轻拂过她的额头,"你不救妈妈,妈妈就死了啊。"

"你知道吗?我在山上看到两朵小花,我小时候……"她摇头晃脑,开始胡说八道了。

"妈妈就说,妈妈生病了,只有这一朵花可以救妈妈。你愿意为我去摘吗?"

小家伙脑回路一下子就清奇了起来:"我也生病了。我不是上次生病了吗?上次生病了……"

我想问出一个答案来,穷追不舍:"你就说你救不救我吧?"

Doris 看了我一眼,说:"不救你。"

169

"再见。"

听到这番对话,不少人都会觉得寒心了吧。

孩子或许还不懂得这对话的深意,但为人母者,却深知对孩子,唯有爱意,没有枷锁。

"妈妈告诉你,如果真的很危险,要用你的生命做代价,才能救妈妈的话,你不用救了。Doris,首先你要确保自己的什么?安全,对不对?你首先要确保自己的安全,才可以去帮助别人,听到了吗?"

"嗯……"Doris窝在我的肩头,轻声回应。

"妈妈不用你救,妈妈救你就行了。好不好?妈妈去给你摘那个小花来救你,好不好?"

"好!"

说着,忍不住在女儿额头上轻轻落下一个吻。

"什么最重要?"我故意放大了一点声音,提醒道。

"安全!"Doris用手指敲着小嘴唇,调皮地大声回应我。

"最重要!"我补充。

"必须要保护自己。"她接着说。

"一定要先保护自己。你保护好了自己,你觉得自己非常安全了,再去帮助别人,对不对?"

"嗯!"

"真棒!姑娘。"

我们教育孩子,同时也是成长自己。

年轻时,把事业打理好,为孩子提供富足的生活条件,和她们一同学习进步;年老时,提前安排好养老,保持健康的身体,绝不给孩子添麻烦。

每个孩子都是独立的个体,她们因我们而来,但从不属于我们。我们付出爱,却不应以此为绳索绑架她们。十月怀胎固然辛苦,但孩子的到来,也让我们体验到无与伦比的快乐,我的生命因此而点亮。半世陪伴,已然万分感恩,怎么会奢求更多呢?

我们彼此相爱,双向奔赴,爱的暖流时刻在我们之间涌动。

爱就是付出,所以永远也不会失去。

父母对孩子,唯有爱意,没有枷锁!

172

二胎相处，一切源于爱

很多人问我，两个孩子你更偏向谁？

这都什么年代了，还用"偏向"这个字眼？两个孩子我都爱。

孩子在不同的年龄段，家长给予的关注自然是不同的，Doris 快五岁了，她需要家长引导规矩、情绪、习惯、价值观的初步建立，以及解决基本问题的能力等。Hatti 还小，三岁前只需要培养安全感就可以了。因为每个阶段的教育方针不同，所以对于孩子的容错度自然不同。

正因如此，有些家庭的大宝对二宝出现了复杂的认知，这不是孩子的问题，而是家长的引导问题。家长不能只是一味地要求大宝去理解二宝年龄小，要求他谦让弱小的，以大宝的年龄是理解不了向下兼容这个逻辑的。

家长要引导大宝去理解，一个人类在生长周期初期婴儿阶段的行为，做共情教育，同时引导大宝，爱是你谦让二宝的起源，你让着他，是因为你爱他，而不是因为他小，家庭责任感就是这样一点点生出来的。这样大宝觉得他是有主动权的，是他选择了爱，这会让他更加自信。

相反，父母一味让老大去忍耐和理解，而不讲更深层次的关系，那么孩子只产生逆反心理。老大会觉得，我是为了父母的要求而忍耐，因为我年龄大就必须不去争抢我最爱的东西，包括母亲的爱。长此以往，他是学会了忍耐和谦让，同时也导致他被迫学会了，在面对社会上任何人时，都习惯性的选择无条件地让步，或者报复性地争夺资源。这就是父母教育失当。

其实，父母哪有什么坏心思，手心手背都是肉，不要等时间的沉淀才让孩子自己理解爱的涵义。在孩子年幼的时候，帮他树立正确的三观，去关注、去表达他每一次展露出来的成长情绪，去疏导而非压制，让他在成长的过程中就感受到深深的爱意。

我深感欣慰和幸福的是，Doris 和 Hatti 两姐妹间的日常，满满的都是爱。

有一次，两个小家伙在家里玩，Hatti 不小心用玩具打到了 Doris 的脚踝。Doris 坐在地板上一边喊 Hatti，一边自己用手揉着脚踝，成功引起 Hatti 的注意后，她对 Hatti 说："你用玩具打到姐姐这里了，Hatti 揉揉。"Hatti 明白后，有模有样地学着姐姐的样子帮她揉了两下脚踝。

转而 Doris 跟我说："你知道吗？Hatti 用玩具打着我了，我都不怪她。"一副大姐姐的模样。

"为什么不怪她呀？"

"因为她是我妹啊。"说这话时，Doris 看上去既自豪又有担当。

此时，Doris 注意到 Hatti 在专注地翻箱倒柜，不知道在忙什么。Doris 转身坐上秋千，想用秋千引起她的注意："Hatti，来，姐姐抱抱！"

只见 Hatti 终于从柜子里翻出她想要的东西——好几张贴纸，她拿起其中一张，走近姐姐。原来，她知道姐姐受伤了，在她的意识里，受伤的地方贴上贴纸就好了。

给姐姐贴完贴纸，Hatti 弯腰指着自己的小脚丫，并发出"咿咿呀呀"的声音。

"你也想在脚上贴一个是吗？"我问。

"啊，啊。"显然是猜对了她的心意。

"好，去吧。"

于是，Hatti 转身又去拿了一个贴纸，不慌不忙地坐在地板上，在自己的脚踝处也贴了一片贴纸。这样就跟姐姐一样了！

"Hatti，抱抱，姐姐抱抱。"听见 Doris 在身后喊她，Hatti 站起来像姐姐那样也坐上秋千，正好坐在 Doris 怀里。两姐妹一起开心地荡起了秋千。

Doris 在秋千上稳稳地抱着妹妹，认真地说："这样坐，小朋友安全一点，就不会摔了。"她们俩是跨坐在秋千上的，之前 Hatti 正坐在秋千上摔下来过，Doris 就一直记着。

爱不是迫于无奈地放手，而是发自内心地自然流露，因为我们是一家人。

这就是孩子，每个孩子都是一张白纸，大人在她们心中播下什么样的种子，她们便会开出怎样的花朵，结出怎样的果实。

这便是新生的力量，在稚嫩的外壳下包裹着一种旺盛的生命力。

我们一定要相信这种力量。

也一定要相信，相信的力量。

要相信孩子会长成让我们惊喜的样子，一定会的。

178

不是物质的叠加，而是爱

>如果你问我，生命是有光的吗？
>那大概就是你降生的那一刻，
>啼哭的声音昭示着我是你的母亲，
>而你是我这一生最宝贵的礼物。

这是我 2021 年在 DC EXPORT KIDS 时装周首秀上写给 Doris 的一段话。这短短的 T 台，演绎着我与大女儿的三年，对于我来讲，这并不是一场秀，而是我们之间一场盛大的回忆。

DC EXPORT KIDS 是我为 Doris 创办的一个法式亲

子中高端服饰品牌，分为黑标和银标两种，黑标是秀款也是定制款；银标是日常款。在国内做法式高端品质的童装品牌一只手都能数过来，过高的价格让很多家庭望而却步，所以我跑通供应链，从生产环节解决 C 端价格过高的问题，并对衣服的品质、做工、面料等方面都做了严格审查。一切准备妥当，2021 年 11 月举办了 T 台秀，我和 Doris 邀请了许多小模特一起出席参加，现场还有上百名粉丝朋友前来捧场。

每个妈妈都喜欢给女儿买漂亮的裙子，每天把女儿打扮得漂漂亮亮的，我也不例外。这是一份送给女儿的美丽礼物，我也希望这是我留给女儿的美好回忆。

那年的万圣节，幼儿园组织小朋友们做活动，我提前三天让板房给 Doris 做好了衣服，在幼儿园里她一路小跑，开心得不得了，边走边说"这是妈妈给我做的衣服"。看着她开心的样子，我暗暗告诉自己，以后每个节日，我都专门给她定制只属于她的礼服。无论多忙，我都会尊重她的每一个节日。

我做过最浪漫的事，就是把大女儿的名字、生日和她人生的第一次涂鸦都设计到我们的帆船上，**扬帆起航的那**

一刻,全世界都会知道我对女儿的爱。

  看着孩子,我就明确了自己作为母亲的使命,她们俩是我这趟人生唯一的浪漫锚地。我想对她们说,远方的帆还在迎风,而船舱里都是你俩的笑声,生活一直在路上。只要我跳起来能够得到的一切,都给你们,这些船、房子、吃喝穿戴等,皆是身外之物,唯有爱直抵内心。

  每天的幸福时光,就是和孩子们在一起的日常,我予她们小的引导,她们却回我巨大惊喜。

  我自知缺点颇多,其中最明显的就是性格直,一旦急躁说话易伤人,相处久的朋友和同事都对我多有包容,我非常感恩。

  而 Doris 的共情能力和爱商,要远高于我。她很能觉察别人的情绪,看漫画、听故事的时候也非常投入,经常会因为故事里的人物遭遇而流泪、欢笑,甚至久久还在共情,想象主人公的后续。

  出去吃饭时,她会提醒我给妹妹点玉米糊,因为妹妹只能吃宝宝餐。和妹妹一起玩耍时,她看见妹妹的衣服掀起来了,会很自然地伸手整理。其他小朋友来家里玩,一个咽口水的微表情,她就会去给人家倒水喝。

而当我情绪激动,不自觉瞪着眼睛大声讲话时,她会过来温柔提醒:"妈妈,你要小点声说话,你大声说话,别人会觉得很吵,并且你小点声温柔地说,别人才可以理解。"

一句话让我醍醐灌顶,马上收了张牙舞爪的姿态,对她连连肯定,并感谢提醒。

我从未向 Doris 灌输过节约花钱的概念,那次去商场购物,她拿起物品认真地看价格,然后偷偷建议我:"妈妈,这个太贵了,我们用手机买,手机上买的便宜。"

我不禁吃惊,忍不住询问她怎么会有这种想法。她则是心疼地看着我:"妈妈工作太辛苦了!"

那一刻,我的心被满满的幸福填满。一把搂她入怀,心中不住感谢老天,让我拥有如此天使。

我们相信的,永远是想相信的。我们给下一代的永远是我们这一代没有得到的。

女儿,你不是任何一场意外或者婚姻的必需品,你是妈妈全心全意被期待、被爱着的唯一,是你成就我做一位母亲。

  我女儿得到的，是我都为之羡慕的生活，不是物质的叠加，而是爱。

184

不仅搭暖窝，更建独立心

某天，我偶然发现 Doris 独自在阳台上默默地哭泣。我过去抱住她，轻声询问她为什么如此伤心。原来是大人们都在忙各自的事，没人陪她玩，她感到孤独了。Doris 五岁了，从出生以来，家里的大人都围着她转，陪伴她、鼓励她、询问她的意见，她的身边从未缺少过人。今天却因为没人陪伴而落泪，我心中的某一处不由得猛震一下——该帮 Doris 学着独立了。

而且，Doris 想让人陪伴的需求，没有选择明确地向大人表达，而是选择了默默哭泣这种向内攻的方式。这让我意识到，Doris 内心有一点脆弱。我以为教育的重要使命之一，就是让每个生命个体学会独立，包括获取快乐的方式。

我把 Doris 抱在怀里，耐心倾听她的感受和想法，充分表达我关注到了她的情绪和需求，她渐渐止住了哭声，等她情绪完全平复之后，我试着引导她。

我语气轻松地说：“宝贝你看，公司里有那么多人，为什么只有妈妈的办公室最大呢？因为妈妈是老大啊！做老大就要学会一个人待着，就要一个人待在一间办公室里，就要学会孤独，并享受孤独。还记得我们看过的《动物世界》吗？在丛林里，狮子群如此庞大，但只有一头狮子王，对不对？也因为它是老大。每个队伍里老大只有一个，所以要想当老大，就要学会独处啊。”

五岁的孩子，需要有一定的心理承受能力，去承受独处的状态了。我知道她慕强，于是接着说：“Doris 也是老大，妹妹还要以你为榜样呢，Doris 是不是也得有老大的风范？”

除此，我还想让她懂得，**一个人的快乐要来自她的精神层面，由内部供给，永远不能取决于外在。**

如果一个人的快乐之源来自外界，那么她将永远不可能获得真正的快乐。因为这样的快乐是不真实的，是随时可以溜走的，是你永远也无法抓取的。只有由内心生出来的快乐，从精神上自己生发出来的快乐，才是真正的快乐，才会给你带来遗世独立的稳定。

比如，她和小兔子玩的时候，能够从中找到乐趣，非常享受当下和小兔子玩耍的状态，而不应是和小兔子玩耍时，身旁没有人陪着，她就觉得特别孤独。

每个年龄段有相应该学的课题，并非教她独立，就不陪伴她了，而是希望有人陪伴的时候，她能和陪伴之人开心相处，获得快乐；当别人各有事忙，无人陪伴的时候，独处的她也不会悲伤。

我知道 Doris 听懂了。

那天之后，Doris 再也没因为想寻求他人陪伴而一个人默默哭泣了。有时，她看到妹妹独自在房间哭，还会第一时间跑进去，抱起妹妹温柔安抚。她的担当和独处能力，日渐增强，每次在日常细节中留意到，都让我惊喜。

不由得想起伟大诗人纪伯伦这首有关《孩子》的诗：

你的孩子，并不是你的孩子

他们是由生命本身的渴望而诞生的孩子
他们借助你来到这世界,却非因你而来
他们在你身旁,却并不属于你
你可以给予他们的是你的爱,而不是你的想法
因为他们有自己的思想
你可以庇护的是他们的身体,而不是他们的灵魂

因为他们的灵魂属于明天，属于你做梦也无法到达的明天

你可以拼尽全力，变得像他们一样，却不要让他们变得和你一样，

因为生命不会后退，也不在过去停留。

你是弓，儿女是从你那里射出的箭。

弓箭手望着未来之路上的箭靶，他用尽力气将弓拉开，使他的箭射得又快又远。

怀着快乐的心情，在弓箭手的手里弯曲吧，

因为他爱一路飞翔的箭，也爱无比稳定的弓。

世间所有的爱都是以相聚为目的，唯有父母爱孩子是以分离为目的！ 因为只有分离才可以带来个体的独立，获得自由、平衡与完整。

真正的爱，不仅仅是搭建可依赖的暖窝，而是驱动独立，并能够带来升级。

所以，养育后代的底层逻辑，应该是在有限的时光里，培养出孩子独立的人格、坚强的意志和健康的心理。然后，我们就转身离去。

190

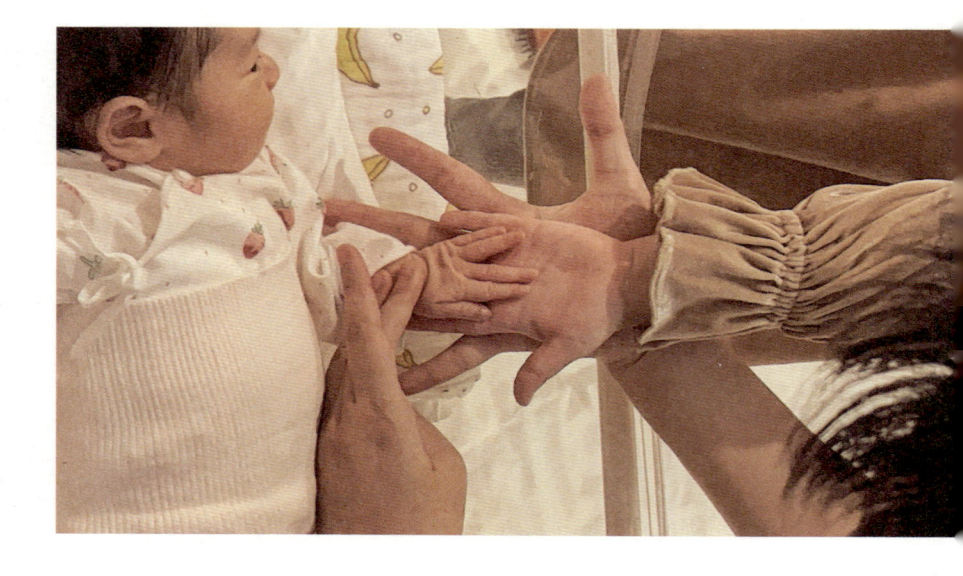

血脉至亲，并肩前行

总想把全世界最好的东西给孩子，但什么才是最好的呢？我思索良久，应是血脉至亲。

我是家中独女，中国特殊的时期造就了我们这一批独生子女，我没有品尝过兄弟姐妹陪伴的感觉，但我想，有人并肩前行，应是温暖有力的。

所以我想让我的女儿拥有。当光阴荏苒匆匆而过，弟弟妹妹的降生将意味着，当我不在人世之时，我的孩子们将永不孤单。他们兄弟姐妹相伴成长，相互依靠，给彼此无间隙的信任与爱。

在 Doris 出生后不久，我就在深深的思考中明白，所有的物质生活她都将会拥有，但是随着年龄的递增，她会感受到孤单的感觉，孤单不是独来独往，孤单也不是无法承受，我能理解的孤单大概是那种无依无靠的感觉，好像在一个黑色的屋子里伸出手，摸不到任何东西，所以在这短短的人世之时，**我想给她一个珍贵的礼物，那就是至亲。**

小女儿的到来，让我此生又获至宝，对时光的感知似乎也发生了变化。

Doris出生时，我心中的责任感被前所未有地激发，努力想为女儿撑起一片天，事业和生活都像在冲刺状态。而小女儿的出生，却仿佛为我按下了时光的暂停键，我开始格外珍惜和孩子们在一起的时光，期盼时光走得慢一点，再慢一点，让我有更多时间陪伴她们，真想把这辈子的喜欢和温柔都给她们。

看着她们姐妹的笑脸，我知道她们以后会结伴同行，做彼此的明灯，即使终有一日天各一方，在特殊的日子里来自至亲的一通电话，一句问候，就是我在这世间留下的所有痕迹，她们将永远不会感受到我这一生的孤单，她们姐妹将并肩前行。

所有世间的磨难如猛虎一般，她们拥有彼此，就不会害怕，妈妈的爱和保护不会因为生命而停止，而会以能量的方式在她们姐妹间。或是他们兄弟姐妹间，继续互相传递。

　　这个家要自强不息，这个家因我而聚，但是我更加感谢孩子们冥冥之中的选择，选择来到我的肚子里，选择我做你们的妈妈。

194

快乐是一种生活方式

现在就是我期待的未来

清晨醒来,妈妈发来 Doris 正在为我做蛋糕的视频,Hatti 在大厅的地毯上爬来爬去,厨房有烧菜的声音,桌子上有未拆开的礼物。傍晚在 KTV 里,Doris 为我唱了一首《孤勇者》,因为 Doris 喜欢,我也在努力学习这首歌,孩子绕膝、家人满座、好友畅聊。

落日沉溺于橘色的海,晚风沦陷于赤诚的爱。

烟火向星辰,所愿皆所得。

我所期待的未来,就是此刻现在。

难忘的明亮夏天

十七岁那年的暑假,中午和父母去参加酒席,散席后父母留下打牌,我一时心血来潮很想去看看爷爷。

在七月的正午,我走了十分钟的路,热得满头大汗。到了爷爷那里,爷孙二人坐在电视机底下,边吃西瓜边聊天,聊三国、岳飞、杨家将……

屋外骄阳似火,一方蝉鸣,前面等着我的,是两个月的假期和数不清的冰镇西瓜,也是我生命中永远难忘的明亮夏天。

如果快乐不可多得,那次便是了。

品味爱的细节

很多朋友都称呼我为"时间管理者"。

每天高效地处理工作,全身心地陪伴子女,这就是我的生活常态。日复一日,我收获了工作成果,也收获了家人的爱。我感恩生命的馈赠,感恩这一日三餐,感恩女儿的吻和偶尔的雨天,那些微小且不可或缺的细节组成了我生命的每一天。

周日的清晨,伴着大女儿的钢琴声和小女儿的笑声醒来,我懂得了幸福的样子。和孩子们玩耍时,我常常忘却时间,似乎我也跟着重回到童年。

我想把爱碾碎了,藏在四季里,藏在三餐中,藏在每一次的拥抱和碎碎念之间。

靠近她们,便是晴天。

宁静方得快乐

快乐并非来自物质的积累,而是一种心态和生活方式。

这个世界,有太多诱惑与追求,人们只有在享受所拥有之物,并能掌握好自己的生活和内心之时,方能真正感受到快乐和幸福;一味地追求物质或攀比,只会让人越来越痛苦。

我虽不富甲天下,但拥有整个夏天的阳光。假如人们能回归简单质朴的生活,就不会有那么多焦虑来打扰内心的宁静。

玫瑰不用长高，晚霞自会俯腰，爱意随风奔跑，温柔漫过山腰。

减法人生

减法人生让我感到舒悦！

我希望有一种方式可以减掉大脑中的杂念，从混沌杂乱中找到有序，找到那个牵引你的念头，它若隐若现，集中精力方能看清片刻，这个过程是让人舒悦的。

就像有一天，我偶然看见一棵草在风中晃动，那一刻，我的心中一片空无，却又毫无空虚，而是安宁纯粹。待缓过神来，我意识到刚才那一刻，好舒服。

为学日益，为道日损。去除心中的杂念，心无旁骛地向内用功。**放下"不快乐"，方能真快乐。**

199

200

201

202

▶ **编者记**

风吹哪页读哪页

今年 5 月初，北京玉兰花昂立盛放，深圳凤凰木身披丹霞的时节，在叶海洋的办公室，第一次见到本尊。

隔着办公桌，近在咫尺看她，比视频中瘦很多，脸小，皮肤紧致，坐在那张熟悉的棕色椅子里，那一刻，眼前所见与视频中的画面重叠了。

看得出来，她不喜寒暄，"你好"之后直奔主题，"那就开始吧"。

比想象中严肃一点，周身气场很强大，像一位披甲执锐的将军，罩着一丝寒意。但是眼神很真诚，别人说话时，她会直直看着对方的眼睛，神情专注，迅速给予反馈。

当谈及最想在本书中表达什么主题时，她考虑片刻，就给出笃定答案："生命只有一次，请一定要尽兴。人生短短几十年，谁活得开心谁就赢了。"于是，书名《尽兴》

应运而生。

言谈间，如冰雪消融，冷峻气场早已不见，露出她的简单与真性情。

谈及女儿的教育，她说，教育不是孤立存在的，是包裹在爱中的，要给孩子足够的爱，在爱中无痕引导。

说到生活态度，她说，要想不被定义，就要忘掉自己的性别，我们努力工作生活，不是作为一个男人或女人，而是身为一个人。

回顾走过的弯路，她摇头，人生没有白走的路，每一步都算数。但是她承认摔过跤，在二十五岁少年得志意气风发之时，事业遭受重创，却也让她迈入人生新阶段。

聊到社交，她笑，称自己毫无社交，家就在公司楼上，上下电梯就是她的通勤路，下班就回家，可以说是足不出户。

谈到父亲时，她两度哽咽，父亲对她此生影响至深，却不幸去世快两年，至今她心里的那块还不太能触碰。

我在视频中见过她的笑，她的睿智，她的思想，她的意气风发，从未见到她的眼泪，不禁呆住，忘了应答，等觉察时，未及开口眼眶先酸。

  刹那间我脑海中蹦出一句话，"有些人是带着使命来的"，后来与她日渐熟络后，我更加坚信这句话。
  凡尘生活中，大部分人犹如被扣在一层看不见、摸不着的罩子里，能量大的人能够站起身，伸出手，把罩子顶起来，里面的空间就会很大；力量小的人蜷缩其中，被箍得越来越无容身之所，甚至连喘息都难；而她，竟能自由穿过这结界，随意伸展，跳跃自如——她天生就不是画地为牢的人。
  于是她活出了自由的模样，不仅知道自己不想要什么，还知道自己想要什么，想要就去拿，于是拿到了。
  大道至简，灵性至纯，真正的自由是自成圆满的。
  而这很重要，我们因此看到了这种自由的美好，内心的冰川悄然消融，能量已经开始涌动！
  人生只有一次，何不尽兴一场？

  自由很难谱写，尽兴也是自由的一种，因此亦然。
  经过再三讨论，我们将其具象成一个一个拼图的形式，寓意"生命的拼图，每一片都不可或缺"，五片拼图代表五个关键词：自我、自度、自足、善、爱，拼出叶海洋走过的人生路，也拼成这本书的内容。以后的精彩，还会凝作新的拼图，适时补充。

这本书，文字不多，但共鸣不少；篇幅不肥，却启发不瘦；愿你风吹哪页读哪页。

杨 琴

2023 年 11 月

图书在版编目（CIP）数据

尽兴 / 叶海洋著 . -- 南京：江苏凤凰文艺出版社，2024.2
 ISBN 978-7-5594-8175-7

Ⅰ．①尽… Ⅱ．①叶… Ⅲ．①散文集 - 中国 - 当代 Ⅳ．① I267

中国国家版本馆 CIP 数据核字 (2024) 第 001729 号

尽兴

叶海洋 著

责任编辑	王昕宁
特约编辑	闫雯晰
装帧设计	木南君　刘丽霞
责任印制	杨　丹
特约监制	杨　琴
出版发行	江苏凤凰文艺出版社
	南京市中央路 165 号，邮编：210009
网　　址	http://www.jswenyi.com
印　　刷	文畅阁印刷有限公司
开　　本	880 毫米 ×1230 毫米　1/32
印　　张	7
字　　数	100 千字
版　　次	2024 年 2 月第 1 版
印　　次	2024 年 2 月第 1 次印刷
书　　号	ISBN 978-7-5594-8175-7
定　　价	59.80 元

江苏凤凰文艺版图书凡印刷、装订错误，可向出版社调换，联系电话 025-83280257